SHANGHAI LITERATURE & ART PUBLISHING GROUP

故事会
精品系列

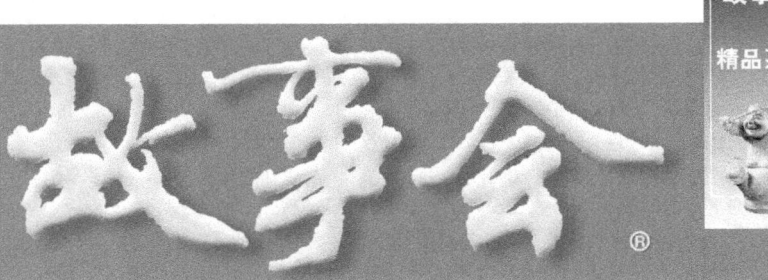

亲情故事

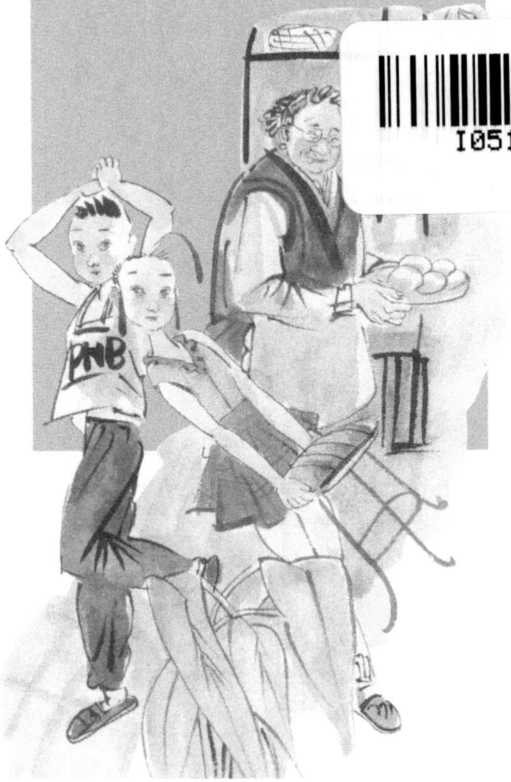

 上海锦绣文章出版社
上海故事会文化传媒有限公司

上海文艺出版（集团）有限公司

图书在版编目(CIP)数据

亲情故事 《故事会》编辑部编 – 上海：上海锦绣文章出版社
（故事会精品系列） ISBN 978-7-5452-0842-9
Ⅰ.①亲...Ⅱ.①故...Ⅲ.①故事 作品集 中国 当代 Ⅳ.I247.8
中国版本图书馆 CIP 数据核字 (2011) 第 021517 号

丛 书 名：故事会精品系列

书 名：亲情故事

主 编：何承伟

编 委：何承伟 吴 伦 姚自豪 夏一鸣

责任编辑：刘迎曦 鲍 放

装帧设计：王 伟

责任督印：张 凯

出 版： 上海锦绣文章出版社

上海故事会文化传媒有限公司

POD 海外发行： 中国图书进出口上海公司

电话：021-36357888

传真：021-36357896

地址：上海市虹口区广中路 88 号

邮编：200083

海外 POD 发行版本

 上海故事会文化传媒有限公司 出品 (00246) www.storychina.cn

STORIES

目　　录

舐犊情深

　　严父的教导、慈母的关爱，平凡而伟大，如缕缕阳光，如春风化雨，始终陪伴着儿女，直至天涯海角。

难忘父亲

　　这天中午,无精打采的青山坐在村西头,望着自家祖坟上的一棵老槐树发呆。这时候,村长刘大叔手里举着一封信,兴冲冲地朝他跑来,老远就喊:"青山,喜事!喜事来了!"

　　青山愣住了:"我能有啥喜事,总不会是中专录取通知书吧?"他慢慢腾腾地站起来,不以为然地朝刘大叔迎上去。青山只读过一年初中,后来就辍学在家,已经有两年了。

　　刘大叔跑近了,收住脚,喘口气,像摸准了青山心思似的,说:"你还骂你爸死脑筋呢,我看你也是死脑筋,难道只有考中专、上大学才是出路啊?告诉你,你不是一直想学开车的吗?我外甥从城里寄了一份汽车培训学校的招生简章来,你看看。"刘大叔边说边就从口袋里掏出一张纸来。

青山一听不禁喜出望外:"真的?"他一把把招生简章从刘大叔手里夺过去,抓在手里看起来。可是看着看着,神色就变了。

刘大叔小心地问:"咋啦? 学费太高?"

青山嘀咕说:"要六千元学费哩,我咋跟他说?"

刘大叔明白,青山说的"他",是指他父亲。据说有一次,青山因为贪玩误了做功课,父亲说了他几句,他就吼父亲:"你自己要啥没啥,还有资格管我?"父亲气得当场打了他俩耳光,青山从此就对父亲由鄙夷转成了仇恨,再没叫过他一声"爸"。青山从骨子里瞧不起父亲,觉得父亲要文化没文化,要本领没本领,只知道围着几亩庄稼地打转。这几年政策好了,山里人"八仙过海,各显神通",承包山林,培育果苗,养鸡养鸭都成专业户了,只有他父亲,还是一只"土里刨食的山鸡"。有一回,在外面做包工头的二叔来做父亲工作,让父亲跟着他干,可父亲坚决不去。如果父亲能说上一堆"农业是根本的根本,都不种庄稼,全国人民吃啥"之类的大道理,青山也不会太冒火,可父亲说不出这些,他说的是:"盖楼多危险,万一摔下来落个尸骨不全,就是下辈子转世也准是个残废。"听听,他这种话,谁听了不笑破肚皮?

青山揣了招生简章往家走,进屋后,他将简章往母亲手里一塞,随即就出来蹲在了院里。很快,从屋子里传出母亲和父亲的说话声,母亲说:"孩子想学开车,就让他去吧,学费是贵了点儿,可总是一条出路。""学费多倒没啥,"这是父亲的声音,"就是这开车……危险。"青山一听父亲又说这种话,真是气不打一处来,起身就闯进屋去,冲着父亲吼道:"你就会说'危险、危险',哼,我今天出去就被撞死,死个粉身碎骨才好,我不怕尸骨不全。"

母亲见青山竟说出这种话来,吓得脸都白了,一把拽着就把他拉出了屋。母亲说:"你这孩子啊,咱到底是冲撞了哪路神灵,惹你们父子俩跟仇人似的,见面就较劲儿,你怎么能说出这么不吉利的话来呢?"母亲眼睛里满是泪。

青山虽说和父亲不投缘，可他很爱怜母亲，见自己把母亲气哭了，也不敢再犟，只好乖乖回自己房里，"砰"一声关上了门。接着几天，青山整天不说话，只是闷头干活儿，他知道自己上汽校没指望了，六千块学费对别人家也许算不上什么，可他的父亲没本事，黄土地里刨不出六千块钱来呀！

这天晚上，青山躺在床上翻来覆去睡不着觉，这时候，母亲轻手轻脚地进来了。母亲问青山："孩子，咱还上不上'汽校'？"

青山不作声，他知道，自己只要一张嘴，准会憋不住大哭一场，他不想伤母亲的心。可母亲却对他说："你刘大叔外甥来了，明天就要走，你跟着他去，我和你爸也放心了。"

青山听了猛一愣，疑惑地问："我跟他去干啥？"

母亲说："当然是上汽校啰！"

青山"曜"一下坐起来，一把抓住母亲的手："真是上汽校？"

母亲说："那还有假？你爸说了，只要你能学到技术，花钱再多他也要想办法。你明天就去，换洗衣服我都替你准备好了。"

第二天早起，左邻右舍都来送青山，一直把他送到村西头。青山与他们告别，最后站在父亲面前时，他的脸红了，因为即使是在得知父亲肯让他上汽校后，他也还没跟父亲说过一句话呢。

见青山盯着自己不说话，父亲干裂的嘴唇动了动，开口道："青山，你才十六岁啊，有的是前程，爸这一辈子就这样儿了……到了学校，你可要好好学啊！"父亲说着，伸出他那双老树皮一样粗糙的大手，按在青山的肩上。

此刻，青山多想叫一声"爸"啊，可他却叫不出口，他觉得自己快要流泪了，他不想让父亲看见自己掉泪，便急忙把身子一转。这一来，他面对着的恰好是自家祖坟旁的那棵老槐树。他立刻想起一次语文课上，老师让大家以"我的父亲"为题写作文，他当时这样写道：我的父亲就像我家祖坟旁的那棵老槐树，顶着几片干瘪的叶子，在秋风中萧萧作响……

"孩子,"母亲一声呼唤,把青山的思绪拉了回来。母亲拉着青山的手千叮咛万嘱咐,"路上要小心,有空就给家里写信。"

终于,在村长外甥的催促中,青山踏上了他梦寐以求的去汽校读书的路。可万万想不到的是,青山来到学校后,还没来得及给家里写信,一份"速回"的电报就又把他叫回了家。推开家门,青山惊呆了,只见院子里设了父亲的灵堂,一副棺木横放堂中,青山脑子里"轰"的一声,扑上去就拼命要挪棺盖。可谁知挪开棺盖一看,里面什么也没有,竟是空的,母亲抱着青山号啕大哭:"你爸死得好惨哪,那么大个人,连点骨头渣儿都没留下。"

原来,青山那六千块学费是父亲从银行贷的款,为了早一天还清这笔债,父亲就在村西头一所闲置不用的旧房里自己做鞭炮,想拿到市场上去卖个好价钱。可因为不小心火药失火,引起爆炸,只听得"乒乒乓乓"一阵巨响,刹那间黑烟弥漫,附近几十幢民房的玻璃窗都震成了碎片。乡亲们不知道发生了什么事,黑烟过后他们才惊奇地发现,村西头那所旧房没了踪影,青山祖坟上的老槐树,开了一树的血肉花……

"爸——"青山撕心裂肺一声喊,"是儿子不孝,是儿子不孝呀!当初就有人怂恿你去摆弄火药,说可以获取暴利,而你说什么也不干,你说过,这就好比是到血盆里去抓饭吃。可如今为了我,你硬是在往血盆里跳呀……"

后来,乡亲们帮着青山娘俩将父亲葬在祖坟旁的老槐树下,葬的其实只是一口空棺材。青山想着自己以往对父亲的鄙视和误解,泪如泉涌……

两年后,青山以优异的成绩从汽校毕业,并且很快找到了工作。但是不管驾车走南闯北到哪里,青山总给母亲来信说:"妈,哪怕儿子走到天涯海角,故乡祖坟旁的老槐树,儿永生难忘。"

(王端霞)

(题图:箭 中)

亲情彩票

说起来这已经是十多年前的事儿了。那年,刘老汉的独生儿子因故意伤害罪被判入狱七年,老伴因为想念儿子抑郁成疾撒手离世,刘老汉只好独自一人过日子。

这天晚上,刘老汉炒了几个菜,请邻居阿伟一起喝酒。酒过三巡,他拿出一沓这几年陆陆续续买下的彩票给阿伟看,阿伟发现所有的彩票竟都是一个号码:2003918。他心里不觉有点好笑:"你怎么每次都买一个号,想'守株待兔'啊?这样买很难中大奖的。"

谁知刘老汉却笑着回答:"不中奖有什么关系?"

阿伟听了好生纳闷:"不为中奖,那你买它干吗?"

刘老汉放下酒杯,说:"你不知道,我这是买个盼头啊!"他神色凝重地指着彩票上的号码，"你看，2003918，就是2003年9月18日。你知道这是什么日子吗？"

"什么日子？"阿伟挺好奇。

刘老汉说："这是我儿子刑满释放的日子啊，还有一年他就可以出来了！"

因为有希望，刘老汉就觉得活着有奔头，他每天早晨六点起床，伸胳膊踢腿儿地锻炼一阵，然后就去买菜买早点，回来买汰烧地忙活，午饭过后就一路哼着小曲儿，优哉游哉地去买彩票，生活过得很有规律。

这天一大早，刘老汉敲开阿伟家的门，孩子似的告诉他，儿子因为在狱中表现突出，被减了半年刑。"还有半年我儿子就可以出来了，我好开心呀！"刘老汉激动得老泪纵横，阿伟被刘老汉的情绪感染，也为他高兴。

一个月之后，这天阿伟路过彩票店，无意中一瞥眼，发现中奖公告牌上写着的本期中奖号码，二等奖竟就是2003918。一时间，他激动得心口"怦怦"直跳：刘老汉中奖了！天哪！二等奖，十八万元！

阿伟一口气跑到刘老汉家里，冲着他直叫："老刘，你双喜临门啦！儿子减刑了，你也发财啦！"

可是刘老汉却懵懂地瞧着他："发财？我发哪门子财？"

阿伟说："彩票！你的彩票哇！中了二等奖，整整十八万哪！"

刘老汉一听，简直不敢相信："是吗？是真的吗？我看看。"他一边去开柜子拿自己这一期刚买的彩票，一边不迭声地自言自语："不会吧？我有这么好的运气？"

阿伟兴奋地跟在他后面，嚷嚷说："我的话你还信？千真万确，号码是我亲眼看到的，不会错。"

这时候，刘老汉把彩票从柜子里拿出来，憨憨地递给阿伟：

"就是这张,你可得帮我看仔细了。"

阿伟激动地一把从他手里抢过彩票,谁知一看却愣住了,半天才大叫一声:"你怎么把号码改了?"

刘老汉吓了一跳:"没改呀! 我现在就买的这个号哇!"

"你……你怎么把号码改成2003318啦?"

"没错呀! 我儿子减刑了,2003年3月18日出狱。我不是跟你说过吗? 他表现好,减刑了!"

阿伟瞪着刘老汉:"可中奖号码是你以前买的那个号,2003918!"

刘老汉眨眨眼睛,终于明白了:"你是说没中?"

"没中! 你如果不改号,就中了!"

此刻,阿伟真替刘老汉感到可惜。可刘老汉的神情却出乎意料地平静。他对阿伟说:"算了,钱再多,也没我儿子早点出狱的好。你说是吗?"

(郭 超)

(题图:王申生)

最后一次看守

　　老刘的妻子很早就因病去世了，老刘独自将儿子拉扯大。可谁知儿子不学好，书念不下去不说，还成天和一帮小流氓混在一起，后来索性连家都不回，就是偶尔回来一次，也是逼着老刘要钱。老刘为儿子受了一辈子苦，到晚年实在心灰意冷，于是就找了份在县医院停尸房当看守的差事，他觉得和死人打交道还能落个清净，有时候一辈子的不如意没人诉说，就忍不住对着他们絮叨。

　　这天晚上，老刘走进停尸房，周围寂静一片，面对着一具具尸体，他忍不住又唠叨起来。

　　先是对着一个面庞清秀的小伙子，他直感叹："多好的孩子，是个大学生吧？唉，你的心死了，我那儿子的心倒还活着，可活着又有啥用？倒不如把他的心给你，让你活起来，让他死了的好。"老刘知道，这小伙子死于先天性心脏病。

走到一具女尸面前，老刘又诉说起来："这位大姐，不瞒您说，我那口子要是活着，也有您这么岁数了。那年头苦啊，又生了那个挨刀的儿子，让她落下一身的病，没钱治，早早就走了。唉，她不像我大字不识一个，她有文化，她要是在，一定能把儿子教成人哪！"兴许是又想起了苦命的妻子，老刘的眼泪"扑簌簌"地直往下掉。

女尸旁边的那个小青年是因为斗殴失血过多而死的，老刘一看到他就来气："哼，你和我儿子一个德行，不学好，就是不死也得坐牢……要说我吧，看得起的叫我声'老刘'，看不起的就由着他们'刘老头'、'死老头'地叫了。可看看对面楼里那个老人，也姓刘，可人家都恭恭敬敬地叫他'刘老'，唉，一个'老刘'，一个'刘老'，做人差别就是这么大啊！本指望我那儿子将来到老的时候也被别人叫他个'刘老'、'刘教授'什么的，多好，可现在……"

停尸房里静得可怕，可老刘早已习惯了，他一个人不停地絮叨着，走过每一具尸体前都会说上一段话。今天最后被送进来的一具尸体还在推车上，老刘不知道他是怎么个人，送尸工人走得匆忙，也没交待，老刘于是就走了过去。

掀开盖布，老刘一看，猛地吃了一惊，死者脸上居然血肉模糊。可待再凝神一辨，老刘惊呆了，几乎是扑了上去，哆嗦着将死者上衣褪下，将他僵冷的右臂举起，果然，腋窝下一个鲜红的胎记赫然在目。这不正是自己那个不孝的儿子吗？老刘顿时瘫坐在了地上。

其实，老刘早就想过会有这一天的，可他万万想不到这一天竟来得这么快。

第二天，送尸工人上班来，见了老刘就说："刘师傅，昨天最后送来的 19 号车那个人，要在你这里存一个星期，你给照看一下,昨天下班我因为家里有急事走得匆忙,来不及给你说了。"

老刘颤抖着声音问:"他……他是怎么死的?"

送尸工人撇撇嘴说:"小流氓呗,能有什么好事? 分赃不均,被同伙砍了。公安局交待,尸体放一个星期,等家属来认领。"

老刘木然地听着,整个身子竟像泥塑木雕一般。

当天晚上,上夜班的送尸工人看到:在停尸房里,老刘躺在19号推车旁,像沉睡了一般,一动也不动,他身边是一个空了的安眠药瓶……

（孙　文）

（**题图:**箭　中）

爱的方式

　　有一对夫妻,两人都是高级知识分子,都在南方的一个大城市工作,唯一的儿子又考上了北京大学。所以,说起这个家庭,左邻右舍都很羡慕。

　　转眼,儿子大学快毕业了,随着学识一同增进的,还有他那完美的品格、健壮的体魄和得体的举止。亲朋好友开始关心这家男孩的终身大事,经常打电话来问长问短。

　　经大家这么一提醒,这两个做父母的觉得这么大的事怎么一直忽略了呢? 于是便给儿子打电话。不料电话那端却传来儿子笃定的声音:"你们别操心,我有女朋友了。"

　　儿子恋爱了? 对方那女孩是什么样儿的? 和咱儿子相配吗……一连串的问号,搅得这对父母寝食难安,于是,他们坐了飞机赶到北京。

见到女孩的第一眼，父母就不约而同地交换了眼色：女孩长得很普通，很一般。

但在父母面前，儿子却毫不掩饰他对女孩的喜欢。

父母觉得女孩配不上自己的儿子，二十年来，对于儿子，他们第一次有了担心。但父母非常理智，他们意识到：如果阻挠儿子，那么，可能儿子失去女孩的同时，他们也就失去了儿子，一家人从此也会远离幸福和安宁。所以回家之后一个星期，父亲终于做出了决定，他对妻子说："儿子爱的，我们也爱！他俩是同学，一个是班长，一个是团支书，彼此的了解应该是很深的，我们要相信儿子的选择，儿子这么爱她，就一定有她值得爱的理由。"

果然，儿子郑重地写了信来，给父母讲了关于女孩的两件小事。

女孩家在农村，家庭条件不富裕，但是她却能坦然面对贫穷，生活朴素，学习刻苦，对同学友好温和，对误解不卑不亢。有一天，儿子请女孩吃饭，儿子已经明确表示出对她的好感，所以特别渴望尽可能在物质上补贴她一点。但是结账的时候，女孩仍然像以前那样掏出钱来，笑着说："AA制。"儿子要推回女孩的钱，女孩用眼神制止了他，那眼神里，女孩克制、自尊、自爱的庄严情感，令儿子肃然动容。

儿子和那个女孩学习都很努力，双休日的时候，两个人经常一大早到图书馆去排队占位子。细心的女孩会准备好两个人的午餐，红的饭盒给她自己，绿的饭盒给儿子，饭菜很简单，却有足够的营养，儿子从来都是只管享受女孩的这份体贴，也没有发现两个饭盒里会有什么异样。这天早上女孩忘了东西，回寝室去拿，儿子拿着两个饭盒站在图书馆门口等她的时候，很偶然地将两个饭盒打了开来。这一看，儿子的心"怦怦"跳了起来，就在这一瞬间，他认定这女孩就是他要找的另一半。原来，饭盒里是两个相同的面包,但不同的是,绿饭盒的面包里夹着一块厚厚的牛肉,而红饭盒的面包里却什么也没有。对于家境贫寒的女孩来说,这一块厚厚的牛肉,是她能默默奉献的全部爱情。

读完信的父亲和母亲,完全消除了对儿子选择女孩的困惑。只是,母亲觉得自己应该做点什么,让儿子感觉到作为父母,对他们真诚的祝福,以及对女孩隐隐的歉意。

母亲想了一下,终于有了主意。她给女孩宿舍的四个姑娘,每人寄了一个包裹,里面的东西一模一样,她坦然告诉女孩们:这只是一个同学母亲的心意,东西并不贵重,所以请她们不必介意。

儿子得知后,在电话里激动地说:"爸爸妈妈,我感谢你们!"

在毕业前的最后几个月里,女孩和她的室友每个月都会同时收到来自南方的包裹,有时是时令的水果,有时是喜欢的衣衫。收到包裹的这一天,女孩们的宿舍里充溢着浓浓的母爱气息……

咀嚼着这段真实的情爱,世俗的心因感动而柔软。

(云　娘)

(题图:安玉民)

雪　夜

　　在远离热闹街道的一幢旧房子里，一对老两口正围着火盆在取暖，冬夜的静谧笼罩着这一片小小的空间，火盆中燃烧着的木炭偶尔发出的响动，更增添了这种温馨的气氛。

　　窗外纷纷扬扬地下着大雪，老太婆紧靠在老头子身边坐着，她将一双干枯的手伸到火盆上，一边烤着火，一边不由自主地朝楼上看了一眼，对老头子说："今天晚上真安静，我们的儿子一定能多看一点书了。"

　　"是啊，"老头子说，"儿子一定累了，我上楼给他送杯热茶去，整天闷在屋里读书，真担心他把身体搞坏。"

　　"算了，算了，"老太婆劝老头子，"你就别去打搅他了，他要是累了或想喝点什么，自己会下来拿的。"

"啊,你说得也对,我们还是别去打搅他的好。"老头子一边应着声,一边往火盆里加了几块木炭。

就在这时候,突然响起了一阵急促的敲门声。这么晚了,还会有谁来? 老头子和老太婆同时抬起头来,相互对望了一眼。老头子颤颤巍巍地站起来,蹒跚地向门口走去。

随着开门声,一股寒风带着雪花挤了进来,"谁啊?"老头子老眼昏花,看不清站在门外的是谁。

"别问我是谁。老实点,不许出声!"一个陌生的中年男子,手里握着一把寒光闪闪的匕首,对老头子说。

"你想干什么?"老头子抖抖索索地问。

陌生人晃晃手里的匕首:"少啰唆,快给我老老实实进去……"

没办法,老头子只好转过身,向屋子里走。

老太婆还不知是怎么回事,迎上来问:"谁呀? 是找我们儿子的?"一看跟在老头子后面那张凶巴巴的脸,她浑身一颤,下面的话立刻咽了回去。

"我是来取钱的,如果识相的话,我也不难为你们。"陌生人手中的匕首在炭火的映照下,更加寒光闪闪。

"啊,我和老太婆都是不中用的人了,你想要什么,就自己随便拿吧。但……但请你千万不要到楼上去。"老头子说到这里,哆哆嗦嗦地看了楼上一眼。

陌生人一听老头子叫他不要上楼,脸上立刻露出一股贪婪的神色:"为什么不让上去? 一定是楼上有贵重的东西。"

"不不不,"老太婆抢着回答,"是我们的儿子在楼上看书呢!"

"嘿嘿嘿嘿!"陌生人冷笑道,"还不肯老实说? 看来我得在动手之前,先把你们儿子给捆起来。"

老头子和老太婆一听陌生人说要捆儿子,急得一起叫起来:

"别这样,千万别这样!求求你了,千万别伤着我们的儿子。"

可是陌生人根本不理睬老人的话:"滚开!"他三步两步就往楼上蹿,陈旧的楼梯在他脚下发出"吱吱吱吱"的声音,老头子和老太婆无可奈何,只好呆呆地站在那里看着他。

突然,只听"喀嚓"一声,随着一声惨叫,就见那陌生人从楼梯上滚落下来。

老头子从呆愣中惊醒了,慌忙对老太婆说:"一定是我们的儿子把这家伙打倒了。快,快给警察局打电话。"

很快,警长带着警察们赶来了,在楼梯口,他们听到那个摔伤了腿的陌生人嘴里正嘀嘀咕咕着:"哪有这样的读书人,灯也不点一盏,害得我一脚踩了个空。真是晦气!"

一个年轻的警察不等警长下令就上了楼,可是他很快就下来了,报告警长说:"整个楼上都搜遍了,一个人也没有。可房主刚才报案时明明说,是他们的儿子把这家伙打下来的,这……"

警长听了微微一笑,对这位年轻的部下说:"你不懂!他们唯一的儿子,早在三年前的冬天就得病死了,可两个老人始终不愿承认这个事实,他们总是说:'儿子在楼上看书呢!'"警长在这个区域已经服务了多年。

于是,谁也没有再说话,屋子里突然很静,很静……

(黄玉梅　选编)

(题图:王申生)

送您一束丁香花

　　今年夏天对乔尼来说真是祸不单行，父亲溘然长逝，母亲又不幸中风瘫痪，他苦心经营的公司也出现了重重危机。眼下要使公司渡过难关，唯一的办法就是能设法得到文森公司这样大客户的订单，可是乔尼早有耳闻，文森公司老板彼得森是个挑剔至极的家伙，要想让他和自己公司签下合同，简直是不可能的事，乔尼为此而陷入了深深的忧虑之中。

　　可再烦恼，公司的事乔尼不能不管，母亲的身体乔尼也不能不顾啊！所以在忙公司一头事务的时候，乔尼请了一位名叫朵拉的护士小姐来照料母亲的生活。

　　这天，乔尼很晚才下班回家，他悄悄观察着自己请来的这位新护士，只见朵拉坐在床沿边上，耐心而细致地为他母亲擦洗身子,由于母亲身高体胖,朵拉挪动她时显得十分吃力,但脸上却一直面带微笑,还不时用喃喃细语安慰老人。乔尼的母亲也好像非常信任朵拉,努力配合着她,乔尼的心放了下来。

这时,客厅里的电话铃响了起来,乔尼过去一听,是文森公司老板彼得森打来的,他在电话里说:"非常抱歉,乔尼先生,我们暂时还不能和贵公司签订合同,因为同时有好几家公司向我们表示了合作的意向,坦率地说,我们还得考虑一下。"

放下电话,乔尼沮丧极了,因为对他来说,时间就是金钱,推迟一天签约,就意味着他的公司离破产更近一步啊!乔尼不由走出屋子,来到院里,在花圃前焦躁不安地踱来踱去。

突然,他背后传来一个温柔的声音:"乔尼先生,这束丁香花送给您吧!"

乔尼蓦然回首,发现朵拉正微笑地站在那里望着他,手里拿着一束淡紫色的丁香花,散发出阵阵袭人的芳香,乔尼顿时感到神清气爽。

"您的工作压力太大了,这样不利于身体健康,您需要多加休息和调养。有时候看上去挺糟糕的事情,说不定会蕴含转机的。"朵拉如知心朋友一般轻轻劝慰着乔尼,银色的月光洒在她身上,乔尼觉得她看上去是那样的清秀典雅,就如同一朵雨后的丁香花。

乔尼不由点头向朵拉表示感谢,那一晚,伴着丁香花的芳香,乔尼多天来第一次睡了个安稳觉。不过,烦恼并没有因为这一觉而消失,一个星期之后,和文森公司签合同的事情依旧没有任何进展,乔尼经常心烦意乱地叹气。

这天,他刚从院子里散心进屋,耳边又响起朵拉轻柔的声音:"乔尼先生,又被工作上的事情困扰了吧?"她给乔尼递上一杯香茶,"袅袅茶香能让一个人的心变得更清雅平实,您慢慢喝。"

乔尼接过这杯茶,慢慢品着,内心充满了感动:这个朵拉,真是善解人意啊!

转眼之间,已经到了等待签约的第三个星期,对方依然没有动静。

这天,已经是深夜了,乔尼在床上翻来覆去睡不着,于是又来到了院子里。他抬头望望母亲房间,灯早已熄了,想必母亲已经安睡。他又想起了朵拉,她也睡了吗? 此刻,乔尼心里忽然充满了期待,期待朵拉那轻言细语能给他带来减压的良方……

"乔尼先生,送您一张老唱片吧!"就在这时候,朵拉真的突然出现在了乔尼面前,她微笑着递给他一张唱片,"这是理查德·克莱德曼的钢琴曲,相信《献给爱丽丝》这天籁般优美的琴声,一定会为您营造一份好心情的。"

乔尼凝视着朵拉清澈如水的眼睛,忽然有一种将她长久留在身边的冲动:"真感激你为我所做的一切,如果我给你加薪,你可不可以续约再继续留下来呢?"

朵拉一听笑了,对乔尼说:"乔尼先生,难道您真的认为爱可以用金钱来衡量吗? 您或许可以用加薪的办法来酬谢我付出的辛劳,但有一个人对您的关爱,却是您一辈子也付不起的!"她指着乔尼母亲的房间说,"其实,您真正应该感谢的,是您的母亲,所有这些良药都是她让我转交给您的。虽然她的身体不能动弹,可是每当您为工作上的事情而烦恼时,我都能看到她眼睛里流露出来的关切和心疼之色。如果您能对她多一些关注的话,您会发现,母亲对您的爱,才是您一生受用不尽的财富啊!"

乔尼无比惊讶地听着朵拉说这番话,心里翻腾着奔涌的浪潮。一直以来,在乔尼的眼睛里,母亲只是个脾气暴躁、疾病缠身的老妇人,他虽然用最好的药来为她医治,却没有给她足够的关爱。还有朵拉,他一直认为他们之间只是简单的雇佣关系,只要用金钱,他就似乎可以得到她的忠诚。但是,在他最烦恼的日子里,她们给予他的,却是天使般的爱和力量……

　　大滴大滴的泪珠,沿着乔尼的脸颊不断滚落下来,他终于醒悟到:在这个世界上,有很多东西是无法用金钱来衡量的,唯有用爱和关怀才能挽留……

　　第二天,夕阳西下的时候,霞光给周围的一切披上了一层金黄色的外衣,乔尼用轮椅推着母亲,和朵拉一起去城中心的街心花园。一路上,他们有说有笑,晚霞映红了他们的笑脸。

　　忽然,一个洪亮的声音传过来:"你好啊,小伙子!"

　　乔尼转头一看,路边椅子上坐着一位老人,正笑容满面地和乔尼打着招呼,乔尼一眼就认出来,老人正是文森公司的老板彼得森。

　　"乔尼先生,还记得我们曾经商量过的关于签约的事吗?我决定不再犹豫了,很高兴今后能成为你的合作伙伴。"彼得森微笑地看着不知所措的乔尼,"一个对家庭充满关爱的人,必定是一个值得信赖的人。小伙子,希望你好好珍惜眼前所拥有的一切。瞧你们一家人如此相亲相爱,真是人世间一幅最温馨感人的图画啊!"

　　乔尼惊讶地看着彼得森,随即幸福地搂着母亲和朵拉,如同搂着他的整个世界……

　　　　　　　　　　　　　(作者:爱丽丝·莫多克;编译者:李月平)

　　　　　　　　　　　　　　　　　　　　(题图:安玉民)

在电影里寻找爱

　　玛丽安二十岁的儿子杰里上了越南战场,起初还不时写信回来,可五个月前忽然杳无音信。为了帮助玛丽安打发时间,避免她老想着杰里和那场该死的战争,几乎每天晚上,玛丽安的丈夫都会陪她去看电影。当然,在买票之前,丈夫总会先了解一下影片的主要内容,以免出现战争场面更刺激玛丽安。

　　这天晚上,丈夫带玛丽安去看一部有关花样滑冰的电影,没想正片前加演了一部反映越战的纪录片,镜头里出现了几个被俘的美军士兵,正站在越南一所监狱的门口。玛丽安看到这里紧张得满头大汗,两只眼睛死死地盯着银幕,尤其是那几名战俘走到监狱门口时,她的心就跳得更快了:自己的儿子杰里会在里面吗?

只见战俘们一个个依次从监狱门口走出来,最后一个出来时,镜头只拍了他的背影,但玛丽安却觉得这背影像极了她的儿子杰里。"快点转过身来吧,转过身来吧!"玛丽安急得在心里大喊着,可遗憾的是,纪录片放到这里却结束了。玛丽安痴痴地坐在那里,后面那部花样滑冰的影片她一点儿也没有看进去,满脑子只有那个像极了杰里的背影……

接下来的几天,玛丽安背着丈夫天天去电影院看那部纪录片,可那个背对着镜头的士兵始终没有转过身来。这天她走出影院的时候,听到旁边有人在议论说,这片子一定是被剪辑过了,要想看完整版,估计得去墨西哥。玛丽安心里顿时涌起一阵冲动:去墨西哥!一定要想办法得到杰里的消息。

回家后,玛丽安把要去墨西哥的想法和丈夫说了,她怕丈夫担心,所以并没有对他说实话,只说自己想去看望嫁在墨西哥的妹妹。

丈夫愣了愣,看着玛丽安说:"这段时间我正好公司里很忙,抽不开身,你总不能一个人去吧?"丈夫的本意是指望玛丽安能打消墨西哥之行的念头,因为凭直觉,他知道玛丽安突然提出要去墨西哥,一定和杰里有关。

但是玛丽安却对丈夫说:"那你忙你的呗,我可以自己驾车去。"她说话的语气很平淡,但神色却十分坚定。

可谁都知道,从这儿驾车去墨西哥,路上至少得花一个月,吃喝住行样样要操心,天气也随时可能发生意外变化,玛丽安一个人能行吗?丈夫惊讶得张大了嘴巴,不过他没有反对,因为他太了解玛丽安的脾气了。

其实,玛丽安这时候自己心里也拿不准:就算那部纪录片在墨西哥没有被剪辑,那个背对着镜头的士兵在电影里就一定会转过身来吗?即使转过身来,他一定就会是杰里吗?可不管结果怎么样,玛丽安觉得自己一定要亲自去看看,即使不是杰里,也算是让自己死心了。

长话短说，经过一个月疲惫的颠簸之旅，玛丽安终于来到了墨西哥，她一路追寻，打听哪座城市在放那部纪录片，没想到竟就寻到了她妹妹特里萨所住的城市。

特里萨见到姐姐玛丽安非常兴奋，可她和丈夫正要去一个小岛度假，都已经和对方联系好了。玛丽安一听，就没再跟特里萨提看纪录片的事，只一再表示说没关系，自己可以为他们看家，等着他们回来。

当天傍晚，特里萨夫妇前脚刚走，玛丽安后脚就出了门，直奔德伯里影院。玛丽安刚才已经打电话问清楚了，德伯里影院正在放映那部纪录片的完整版。

果然，玛丽安赶到影院不久，电影就开始了，真是那部纪录片，一点儿也没错。玛丽安目不转睛地看着，两只手紧紧握在一起，心里"怦怦怦"地狂跳，银幕上那一件件美式武器，在她眼里就像是战场上倒下的一具具尸体。

接着，战俘们一个个出现在银幕上，玛丽安已经不知看过他们多少回了，早已熟悉了这些面孔，她还分别给他们取了名字。

靠在监狱大门旁的那个，玛丽安叫他克里斯，身材瘦长，脸庞清瘦，片子里出现过他好几个镜头。此刻再次见到他，玛丽安嘴里不禁喃喃道："可怜的孩子……"不知不觉中，玛丽安已经把对杰里的爱分出一点给了克里斯。

接下来的那个，玛丽安叫他沃特。沃特面部泛红，颈部还系着块手帕，"看样子他是感冒了。"玛丽安轻轻嘀咕道。杰里小时候也常感冒，沃特长得有点像杰里。

不知不觉中，影片放到了最后，监狱大门上出现了一只手，那手有些粗大，手上还戴着一枚戒指。他就是那个一直没有转过身来的士兵，那枚戒指玛丽安认识，像极了当年她结婚时送给丈夫的那枚。戒指现在的确是在杰里那儿，是杰里出发前，丈夫亲手从手上脱下来戴在杰里手上的。此刻,在这个完整版的片子里,这个士兵终于慢慢转过身来了,一点一点,慢慢地,他的身体似乎没有动,可脸真的像是在转。

玛丽安在心里喊着:"克里斯,沃特,你们叫一下这孩子,让他快点转过身来吧,他的母亲真想看看他啊!"终于,这个士兵转过来了,一张脸占据了整个银幕,可他的脸上却毫无表情,一双眼睛直直地看着前方。天啊,是杰里! 他真的是杰里! 然而杰里此刻的模样就像……就像是一个……一个白痴。出发前,杰里可是一个活泼灵动的孩子,大大的眼睛里总是闪着智慧的光芒,可现在他是怎么啦? 龇着牙,戴着戒指的手乱舞,眼睛直勾勾地盯着前方。他真成了白痴? 玛丽安一下子倒了下去。

玛丽安突然倒地,造成影院内不小的骚乱,不过她很快就醒过来了,感觉到有个妇人在为她做人工呼吸,接着又有一位先生扶起她慢慢走出影院。玛丽安此时脑子里十分清醒,她一遍遍地对自己说:"杰里还活着,他需要母亲的保护。找到他! 我一定要尽快找到他!"

不知哪来的勇气,玛丽安开始给总统写信,请求总统救救杰里。信寄出后,她每天都在猜测:我的信能到总统手里吗? 总统会重视这封信吗? 他会不会把这封信看成是笑谈,不屑地扔进废纸篓里去? 由于过度的担忧,玛丽安的情绪越来越差,做事情也开始丢三落四。不过尽管这样,她还是强撑着一次又一次地反复去影院看那部纪录片,看关押杰里的监狱,想从影片里找出每一个有价值的细节,以便尽快找到杰里。

就在这时候,玛丽安的妹妹特里萨夫妇从小岛度假回来了。尽管玛丽安守口如瓶,不想让特里萨担心,但特里萨还是很快就感觉出了玛丽安神情的异常,于是赶紧和在美国的姐夫联系。知道了原因所在后,特里萨便悄悄拉丈夫也去影院看了那部纪录片。

当片子最后杰里出现在镜头面前的时候,特里萨泪流满面,她对搞新闻工作的丈夫说:"亲爱的,你应该拿起你的笔来,帮帮我姐姐,帮帮一位伟大的母亲。"

于是两天后,一篇题为《救救杰里,一位可怜的战俘,还有他的妈妈》的文章,登上了当地报纸的头版,旁边还有玛丽安的照片,眼睛里充满了焦虑和期盼。这条消息立刻引起了轰动,舆论形成了一个巨大的声音:帮帮这位美国来的伟大母亲。文章被墨西哥各地报纸迅速转载。

与此同时,玛丽安的信也到了总统手里。经过调查,总统了解到这部纪录片实际上是一位战地记者拍的,片子最后的那个士兵,也就是杰里,确实是因为在战争中受到极大惊吓,成了这个样子。因为怕在国内放映引起负面影响,所以做了剪辑处理。

这时,美国国内一些报纸也开始转载墨西哥报上刊载的这篇文章,引起全国上下热切关注,总统感到了莫大的压力。在他的安排下,与越南交换战俘的工作开始启动,杰里和他的那几个在片子里露面的士兵,作为第一批被交换的战俘即将回国。

那是一个阳光明媚的下午,一架直升机稳稳降落在纽约机场,玛丽安也被接到了这儿,闻讯赶来的记者一个个把指头按在相机快门上,他们知道,马上就要出现一个大团圆的场面。历尽劫难的儿子和费尽心血的母亲将如何相会?这将是报纸和电视上的头条新闻,没有什么能比这更动情、更能吸引观众眼球的了。

很快,直升机徐徐降落了,舱门被打开后,随着两名赶赴越南谈判的外交官,战俘们一个一个地走了出来。尽管他们已换上了新装,可年轻的脸上仍布满了不尽的沧桑,面对记者们的话筒,他们一个个都默不作声。

玛丽安焦急地等待着儿子杰里的出现,从第一个士兵走出机舱起,她的眼睛就一直没有离开过舱门。只见最后走出机舱的两名机组人员抬着一副担架,慢慢地从舷梯上走下来,一步一步地向玛丽安走来。玛丽安一眼就看到,担架上的那个人虽然头发蓬乱,胡须都快遮住面孔了,但她一眼就认出这是自己的儿子。

玛丽安疯了一般的冲过去,这时候,两名机组人员停下了脚步,轻轻地对玛丽安说:"对不起,夫人,他知道要回来,神志突然清醒了,一个劲儿地说,如果让您见到他现在这副模样,肯定会无比失望。他竟然悄悄折断手上的戒指,用它来割断了自己手上的动脉……等我们发现,已经迟了……"

玛丽安一听,脑子里"轰"地一声,泣不成声地喊道:"杰里,我亲爱的孩子,我只想让你活着,你怎么这么傻呀……"

（**作者**:马格瑞特·歇德;**编译者**:焦松林）

（**题图**:佐　夫）

反 哺 之 情

若是你怀着一颗感恩的赤子之
心，又哪怕是以寸草心回报三春晖呢。

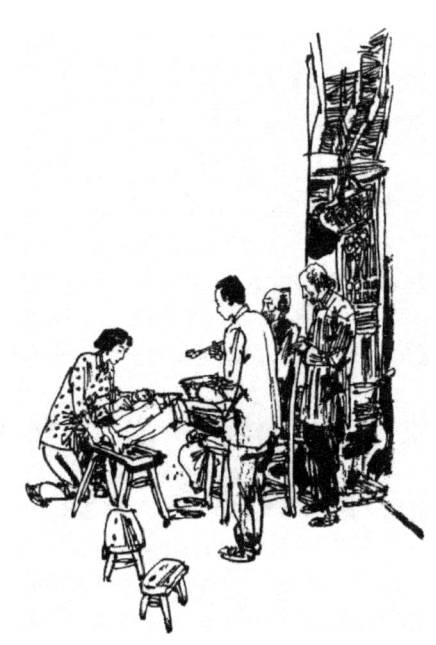

新媳妇的奇方

夏莲是养蜂大户夏大根的女儿,不久前刚刚嫁到王家村。

这天晚上,小两口正要入睡,忽听对面公婆房里传出一阵"哼哼"声。

"春雨,"夏莲推推新婚的丈夫,"你听,这是什么声音?"

"没啥,"春雨说,"我爹老寒腿又犯了,是为我们操办婚事累的。"

夏莲急了:"那咋不快治?"

春雨说:"治了,就是不见效,医生都头痛哩!"

夏莲不甘心:"那就再想想办法嘛,西医治不好,可以让中医治。哎,对了,我娘家有治老寒腿关节炎的偏方,明天我就回去取,拿来给咱爹试试。"

第二天,夏莲当真回了娘家。

夏莲娘家离王家村百十里路呢,说远不算太远,可中间要倒好几次车,待她兴冲冲提着一箱蜜蜂从娘家再赶回来的时候,已经是第二天晌午了。夏莲到家就把一箱蜜蜂往屋后那片杏树林里放,让它们快快去采蜜。公婆一看夏莲这勤快样儿,心里可乐了:儿子娶到个这么好的媳妇,这真是前世修来的福啊!

傍晚,一家人在院子里刚吃过晚饭,只听夏莲一声口哨,那些在杏树林里采蜜的蜂儿们就争先恐后地飞回来,一只只飞进了蜂箱。夏莲让公爹坐在凳子上别动,叫春雨轻轻替公爹将裤腿挽过膝盖,然后她就戴上防蜂手套,从蜂箱里提出两只蜜蜂,往公爹膝盖上一放。

公爹没防着,膝盖上突然被这两只蜜蜂一蜇,立刻"哎哟"惊叫一声,从凳子上蹦起来。夏莲赶紧将公爹扶住,解释说:"爹,这叫'蜂蜇疗法',我们娘家大泽山一带,用这法子治关节炎,可管用了。"

公爹一听:什么土方,原来就是这么个治法?他心里顿时凉了个透。可对着刚进门的媳妇不好发作,只得忍着不作声。

婆婆在旁边看着,不由悄悄嗔怪春雨说:"你这孩子,既是这么个治法,怎么不先和你爹说一声,也好让他有个准备,看现在把他吓得!"

夏莲一听不由笑了:"娘,我是怕先给爹说了爹害怕,就想来个'先斩后奏'。行了,现在没事儿了。"她说着,就进屋去冲了两大碗蜂蜜水出来,端给公婆一人一碗,随后拉过春雨,对两位老人说:"爹,娘,你们坐着慢慢喝,我和春雨去村头小玲家玩会儿,听说他们从城里搬回个新鲜玩意儿,我们去看看。"

夏莲和春雨兴冲冲地走了,公婆两个坐在院子里没什么事儿,于是就端起蜂蜜水喝起来,谁知边咂边喝,越喝越甜。

"他爹,腿还痛不?"婆婆见老伴咂蜂蜜水的样儿,就像是平日里喝老烧酒,滋润得脸上那一条条皱纹都舒展开了。

公爹笑得嘴都咧开了:"唔,我看媳妇娘家这土办法还有点道理,感觉好像好多了,这大概就是以毒攻毒的道理吧？老太婆,去拿酒来,刚才蜂在外面蜇了,我接着再喝两口老烧酒,让身体里面也活活血,内外一夹攻,说不定就把这老寒腿彻底给治了呢！"

婆婆一听,觉得老伴这话有道理,于是就颠颠地进屋去,倒了一盅老烧酒,又扒了一棵大葱,给端了来。公爹坐那儿吃一口大葱呷一口酒,吃得舒心,喝得爽快。

一盅酒喝完,手里还剩小半棵葱,公爹舍不得放手,便让婆婆又去倒一盅酒来。等两盅酒下肚,那小半棵葱也送进了嘴里,公爹这才恋恋不舍地用手抹了抹嘴,站起来扭动了一下腰腿,向屋后面的牛棚走去。

公爹是想去给棚里的老黄牛添筛草,可谁知他刚走出两步,突然就感觉肚子剧烈地痛起来,而且一阵紧似一阵。紧接着,胃也不太平了,只觉得一阵阵恶心,可想吐又吐不出来。就这么一会儿的工夫,公爹的脸已经变得蜡黄,豆大的汗珠直从他脸上往下滚,一个跟头就栽倒在了牛棚门口。

婆婆原本已经进了屋,一听外面声音不对,跑过去一看,吓得差点背过气去,颠颠地跑到院门口,张嘴就喊:"快来人哪,我家老头子不行啦！"

左邻右舍听到婆婆喊声都过来了,春雨和夏莲闻讯也三步两步奔回了家,一看,公爹躺在地上全身抽搐,嘴角还在吐白沫。

夏莲一眼瞥到放在桌上的两个酒盅,又闻到院子里有股大葱味儿,她心里一惊,赶紧问婆婆,方知公爹喝完蜂蜜水又就着大葱喝酒,心里明白了:公爹这是中了毒。她急得双脚直跺:"娘,都怪我一时疏忽,没有给你们讲清楚。喝完蜂蜜水之后,是绝对不能马上吃大葱的,因为蜂蜜和大葱相克。唉,坏了,我闯大祸了。"她冲着春雨直嚷:"快快快,去拿点绿豆来,随后你去找车,咱送爹上医院去。"

趁着春雨去找车的工夫,夏莲将绿豆在蒜臼里捣碎,用水调匀,给公爹灌下去。

看到娘在一边急得手脚直哆嗦,夏莲心疼地安慰说:"娘,我这是在给爹解解毒,您别急坏了身子,待会春雨把车找来了,我们就送爹去医院。"

夏莲话音刚落,春雨的车就来了,是村里的手扶拖拉机,邻居们都上来帮忙,把老人抬上了车。

半路上,公爹在车里突然哼哼起来,夏莲赶快给公爹捶背,捶着捶着,只听公爹一阵干咳,随后就"哗哗"地吐起来。春雨见公爹这难受样,眼泪不由掉了下来,但心里却是一块石头落了地,转头对春雨说:"吐出来就好,爹的命保住了。"

等赶到医院,医生问明情况,也深深地出了一口气。医生对春雨说:"幸亏你们家有明白人,要不然,老爷子的命就难保了。"

经过这件事,夏莲的公婆逢人就道:"媳妇是俺家的救命恩人哩!"

（张景通）

（**题图**:刘斌昆）

临死借钱

　　大黑在一家私人小煤矿里当矿工,这天夜里,他迷迷糊糊睡得正沉,突然感到有人在耳边叫他的名字,睁眼一看,是矿上出了名的赌鬼周正龙。这小子趴在他床边,满脸堆笑,不知搞什么鬼。

　　大黑没好气地问:"你要干什么?"

　　周正龙说:"我……我想跟你借点钱。"

　　"借钱?"大黑鼻子里哼了一声,"没有!有也不借。我那点钱还不够你赌两局的。"说完,便不再理他,转个身又睡。

　　周正龙尴尬得走也不是,留也不是。过了一会儿,忍不住又低声叫起来:"大黑,大黑,这次我借了一定还……"

　　大黑火了,没等他说完,翻身起来劈头盖脸对着他就是一顿骂:"你哪回还了? 你走不走? 不走我揍死你。要借钱,找鬼借去!"

周正龙见从大黑这里借不了钱,只好灰溜溜地回去了。

谁料第二天,矿里出了事:周正龙和大黑几个在作业区挖矿,矿洞在地底深处,只有一条残旧的通风管道,洞里瓦斯味极重,大黑由于昨晚被周正龙搅了好梦,后来一直没睡踏实,心情不好,于是这会儿把气都发泄到了挖煤的铁钎上,用力一砸,只听"锵"的一声,铁钎砸到生铁皮上,溅出一串火星,大黑气呼呼地一脚把铁皮踢开,就在这一刻,爆炸发生了……

随着一阵巨大的冲击,大黑昏了过去。不知过了多久,他在昏昏沉沉中突然感到有一只手在他身上摸索,似乎在找什么东西,他猛地惊醒过来,睁眼一看,周围黑洞洞的,什么也看不见,只觉得胸口闷得不得了,周身刀割般的疼,两只脚也不听使唤了。这时,那只手已经摸到他胸口了,从他怀里摸出一样东西。大黑一惊,那是他这个月的工钱呀! 平时为了保险,大黑老喜欢把钱揣在怀里,连下井也不拿出来。眼见血汗钱要被人拿走,大黑不顾一切地一把抓住那只手,喝道:"谁?"

"哎呀!"那人又惊又吓,叫了一声。大黑立刻辨出声音来:这不是周正龙吗? 他顿时明白了。这个周正龙,昨晚上大黑没借给他钱,现在他肯定是以为大黑已经死了,就此趁火打劫起来。一股无名火立刻从大黑的脚底直蹿头顶,他气得大骂道:"周正龙,你干什么? 死人的钱你也要? 你还是个人吗?"他也不知哪来的力气,抬起手一巴掌就扇了过去,"你以为你还能活得了? 矿都塌了,你还想出得去? 哼,人都要死了,拿钱还有什么用? 你做这种缺德事,就是到了阴曹地府也不会有钱花,谁会给你烧纸钱? 你妹妹上不了学,你给过她一分钱吗? 你妈病在床上大半年了,你去看过她一眼,给过她钱花吗? 你把钱全拿去赌,你这个……"大黑越说越气,"以前我虽然知道你好赌,可再怎么总还拿你当个人看,现在我才知道,你其实连猪狗都不如!"

"别说了,你别说了……"周正龙被大黑骂得号啕大哭起来,"我不是人,我对不起我妹,对不起我妈,我不是人……"

周正龙这一哭,大黑不由重重地叹了口气,想想过去周正龙也是个不错的人,只是后来这家伙迷上了赌博,才成如今这个样子的。想到这里,大黑脑子里突然打过一个闪念:这家伙也是个老矿工了,不会不知道眼下矿洞里的人几乎不会有生还的可能,他为什么还要掏我钱呢?

大黑于是问他:"你……难道不知道我们现在的处境?"

周正龙哭了,说:"我怎么会不知道呢? 我当然知道。"

这下大黑奇怪了:"你连命都保不住,还要钱做什么?"

周正龙抽抽噎噎地说:"大黑,不瞒你说,我小妹来信说我妈病又重了,再不治就没救了,所以……"

大黑一听,心里一沉:"那你昨天问我借钱的时候,怎么不说清楚?"

"唉——"周正龙叹了口气,"我就是说了你也不会信,我……大黑,我对不起你,借你的钱,我……我只有来世再还了,连这次的也一块算上吧……"周正龙说到这里,声音已经显得非常虚弱,"我是想,钱放在……放在我身上,要是哪一天把我挖出去了,这钱……这钱就可以拿去给我妈治病了。大黑,我……我一辈子都谢谢你,我自己活不了了,我只希望……希望我妈能好好活……活下去……"说着,他忍不住又哭起来。只是,哭了一会儿,就再没有了声息。

大黑愣住了,愣了好一会儿,然后他慢慢伸出手去,顺着周正龙的胳膊摸到他手上拽着的那沓钱,把它揣进周正龙的怀里,还帮他系上了扣子……

(王明亚)

(题图:魏忠善)

神秘的录音带

　　小玲刚进中学不久，和同寝室的小雨是上下铺搭档。

　　小雨是个农村女孩，平时不怎么出声，可学习成绩在班上却是数一数二的，人也长得挺清秀，只是那双大眼睛，小玲总觉得像一汪深不见底的泉水，似乎蕴藏着深不可测的秘密，那两道弯弯的眉毛，又好像是一副沉沉的担子。小玲时常戏谑小雨："你呀，可别把天下的心事都装在自己担子里，把林黛玉的香肩压弯了可不行！"

　　后来，经过细细观察，小玲断定小雨心里一定有事，因为她经常用一个老掉牙的随身听，而且老没见她换磁带，听来听去总在听一盘带子，听得那样如痴如醉，有时甚至还会掉眼泪，平时不听的时候，就视若珍宝地把它锁进抽屉里。

小玲觉得十分好奇:小雨老也听不厌的这盘磁带,到底是什么内容呢?

这天下了自习课,小玲从教室里回来,推开宿舍门,看见小雨又坐在书桌前听她那盘磁带,大概是太入神了,连小玲进门她都没有发现。小玲于是灵机一动,蹑手蹑脚地走到小雨背后,用力拍了一下她的肩膀,嘴里嚷嚷着:"喂,着火啦!"随即不由分说就一把夺过她的随身听,从里面掏出磁带。

可是小玲一看,磁带上原先的标签被撕了,啥字儿也没有。小玲不免有些失望,问小雨:"这是什么带子?歌带么?可不可以借给我听听啊?"

谁知小雨劈手就从小玲手里把磁带抢了回来,说:"对不起,阿玲,你要听,我借给你另外一盘,这盘我自己要听的,不借。"

小玲见小雨这么小气,就有点恼了:"不就是一盘带子嘛,干吗这么小气啊?"不过小雨越是这样,小玲心里就越好奇,她一心想弄明白这盘带子的奥妙,就伸手去抢,但小雨说什么也不肯给她。

两个人于是就在宿舍里拉来扯去的,突然就听"叭"一声,磁带盒掉地上碎成了两半。小雨身子猛地一颤,脸涨得通红,怒目瞪着小玲,小玲吓坏了,不由慌了手脚。

小雨伤心地大哭起来,小玲意识到自己也许是玩笑开过了头,就赶紧给小雨道歉说:"对不起,小雨,我不知道这盘磁带对你有那么重要。要不我把它修一下,里面带子还没断,换个外壳就可以了……"

可是没等小玲说完,小雨已经抢先自己把磁带捡起来了,她擦干眼泪,取出小刀,小心地用胶带把碎成两半的盒子粘好,然后就把它锁进了抽屉。接下来的一段时间,小雨时常会独自一人在宿舍里静静地听那盘磁带,有时候会发出一声轻轻的叹息,有时候又会听得泪流满面。

看着这一切,小玲心里的疑团更大了:这究竟是一盘什么内容的磁带啊?她真想向小雨问个明白,可一想到上次的情形,只得作罢。

一天晚上,寝室里只有小玲和小雨两个人,小雨依然在听她那盘永远听不厌的神秘磁带,说也巧,这时候隔壁有同学喊小雨过去帮忙解数学题,小雨把随身听往抽屉里一放就走了,竟然忘了上锁。小玲一看,心不由狂跳起来,在好奇心的驱使下,她轻轻走过去,打开抽屉,动作敏捷地取出随身听,按下了放音键⋯⋯

奇怪,里面没有一点声音?小玲耐着性子又等了会儿,声音来了,是一阵轻微的脚步声;又过了会儿,又响起一阵咳嗽声⋯⋯天哪,这是什么意思啊?

小玲正猜测着,突然身后传来了脚步声,回头一看,是小雨回来了,她顿时窘得无地自容,只好涨红着脸对小雨说:"对⋯⋯对不起,我不是存心要这样的,我只是觉得好奇⋯⋯"

谁知小雨此刻的神情却显得很平静,她看到小玲这副窘相,只是淡淡一笑,说:"其实这里面也没什么⋯⋯"

小玲一听,立刻追问道:"那里面到底录的是什么呀?"

小雨的眼圈红了,告诉小玲说:"阿玲,我的爸爸妈妈都是聋哑人,他们在家里终日辛苦地操劳,我现在离开他们住校了,可心里老想着他们,平时不能天天回去看他们,于是就想了个办法,用磁带录下他们平时生活里的一些声音。我以前瞒着你们,是怕你们笑话我⋯⋯"

小雨缓缓地说着,可不知什么时候,两行泪水已经从小玲脸上无声地滴落下来⋯⋯

(李月平)

(题图:安玉民)

叫一声妈妈

　　婷婷是个先天聋哑的女孩，长得很漂亮，也聪明机灵，但就是听不到这个世界美妙动听的声音，更没办法说出话来，哪怕是最简单的"妈妈"两个字。就因为这个遗憾，本来应该十分美满的家庭，总是有些不快乐的气氛，爸爸妈妈的关系也因此而越来越紧张。

　　婷婷十二岁生日的那天早上，妈妈帮她在读书的聋哑学校办理了住宿手续，聪明的婷婷知道，她已经长大了，妈妈让自己去学校住，就是要把自己安顿好，然后她才有时间和精力去办离婚的事，爸爸不肯离婚，妈妈想通过法律手段为自己解决这个问题。

　　婷婷想得没错，妈妈确实向法院申请了离婚，把婷婷送去学校住读以后,经过一番忙碌,妈妈终于盼来了法院开庭的日子。

可到了那天,就在爸爸妈妈一起去法院的路上,婷婷爸爸突然接到个电话,刚一接听,就站下不动了。接完电话之后,爸爸对妈妈说:"秀,咱现在能不能不去法院?这电话是学校打来的,说婷婷不见了,咱们得赶紧去找。只要一找到婷婷,我马上就和你办手续,再不拦你了,行吗?"

妈妈一听说婷婷不见了,脑子里立刻"嗡"的一声几乎站立不稳,她不知道自己是怎样和婷婷爸爸一起坐上出租车的,当在车上回过神来的时候,她忍不住"哇"一声哭了出来。为了要离婚,所有的人都指责婷婷妈妈无情,现在婷婷突然不见了,万一有个三长两短,妈妈怎么能原谅自己?

可说实话,婷婷妈妈真的对这个家已经绝望了,她和婷婷爸爸原本是大学同学,婚后两人关系也不错,可自打生下婷婷,乌云就一直笼罩着这个家庭,为了给婷婷治耳聋,他们几乎花光了家里所有的积蓄,可最终换来的却是无法治愈的结果。婷婷妈妈曾经想过再要一个孩子,可婷婷爸爸坚决不同意,说婷婷天资聪慧,好好培养,一定会走出很好的人生路来,如果再要一个,就是对婷婷不负责任……

此刻坐在车上想起这一切往事,婷婷妈妈哭得很伤心。

婷婷爸爸小声劝慰她道:"秀,别自责了,婷婷不会有事的。我记得你生婷婷时说过,等孩子将来叫'妈妈'的时候,你会是世界上最幸福的人……"

"别说了,求求你别说了,"婷婷妈妈说,"我承认我是一个很自私的人,我就是想要一个能喊我'妈妈'的孩子。我……难道我错了吗?"

婷婷爸爸很久没有说话,直到出租车开到聋哑学校门口。

婷婷的老师已经等在那儿了,一看婷婷爸爸妈妈来了,立刻递给他们一张婷婷留下的纸条,说是刚才给他们打过电话之后,在婷婷宿舍里发现的。

只见纸条上是婷婷歪歪扭扭的笔迹：妈妈：不要离开我和爸爸吧，我知道是因为我不能叫您一声"妈妈"，让您心里难过了，婷婷给您说声"对不起"。婷婷现在想到了一个法子，一个叫"妈妈"的法子，真的，不骗您。我走了，到白羊坪外婆家去了，您要是能来外婆家，就什么都明白了。婷婷。"

看着那几行浸着泪水的字迹，妈妈仿佛看见了婷婷幽怨的眼神，她再也控制不住自己，放声大哭起来。还是婷婷爸爸比较理智，向老师道谢后，拉着婷婷妈妈就往白羊坪赶。

爸爸妈妈赶到白羊坪婷婷外婆家的时候，天已经黑了。婷婷外婆看到他们来，着急地说："你们怎么让婷婷一个人回来？她一来就把自己关进小柴屋，和小羊儿待在一起。"

婷婷妈妈一听，二话没说就往柴屋跑，跑到柴屋门口高声喊："婷婷，出来吧，妈妈和爸爸一起来接你了！"她突然想起婷婷是根本听不到的，于是一边喊一边就用力推柴屋的门，如果婷婷看到门在晃动，知道是有人来了，就会过来开门。

果然，柴屋里有了动静，紧接着就传出一声声嘶哑而又悲切的呼唤，听起来极像是"妈妈——妈妈——"地在叫。婷婷妈妈愣住了，她在白羊坪生活了十八年，小时候每天都出去放羊，这声音对她来说是再熟悉不过了，分明就是小羊羔在叫唤。难道这就是婷婷想到的叫"妈妈"的法子？婷婷妈妈禁不住泪如泉涌，扑在柴屋门上失声痛苦起来，她的心碎了。

这时候，"妈妈——妈妈——"柴门里还是不停地传出这样的声音，声音里还夹杂着婷婷呜呜咽咽的啜泣声。婷婷妈妈想了想，赶紧回房间去拿了纸笔来，飞快地写下两行字：婷婷，开门吧，妈妈和爸爸一起来了，现在就接你回家。妈妈发誓，以后再也不离开你。

婷婷妈妈把纸条塞进门缝，没多会儿，柴屋的门"吱呀"一声开了,眼前的景象让婷婷妈妈和爸爸肝肠寸断:婷婷正搂着一只洁白的小羊羔,哭得像个泪人儿似的;那小羊羔蜷在婷婷怀里,嘶哑的"咩咩"声有点像孩子在睡梦中模糊不清地喊妈妈的声音。

婷婷妈妈把婷婷搂在怀里,婷婷依偎着她,脸上终于露出了开心的笑容。她把手里一张已经被泪水打湿的纸条递给妈妈,妈妈一看,纸条上写着:妈妈:当您听到这一声"妈妈"的时候,您高兴吗? 我知道,这么多年婷婷没能叫您一声"妈妈",惹您生气了,这下好了,婷婷终于找到能叫"妈妈"的办法了。婷婷从书本里知道,小羊儿被从羊妈妈身边牵走的时候,总是会叫个不停,它们在这时候的叫声,就像小朋友在叫他的妈妈。我虽然叫不出声音来,可妈妈您知道吗? 我其实已经在心里叫您"妈妈"一百遍、一千遍、一万遍了……妈妈,您能不走吗?

婷婷妈妈一边看纸条一边流泪,看完了,她把纸条紧紧攥在手里,冲着婷婷拼命地点头……

(陶诗秀)

(**题图**:刘斌昆)

翻过围墙去

二十四中高一新生举行为期两周的军训。

第一天训练刚结束,家长们就簇拥在校门口,各自喊着自家宝贝孩子的名字,纷纷给他们递吃的喝的。三班小辉的爸爸个子大,嗓门高,一出声就叫来了儿子,将怀里抱了大半天的炖鸡从铁门杆缝里递给小辉。

小辉拿着炖鸡一蹦三跳地回到宿舍,没一会儿,其他几个同学也陆续拿着父母送来的好东西进来了,这时候大家突然发现,只有王海手里是空的。

小辉问他:"你妈没给你送吃的?"

王海嘴一撇:"你们这些东西我早吃腻了。告诉你们,我妈做的拿手菜,那才叫好吃呢,但是要一出锅就吃,没法送来。"说完,还故意舔舔舌头。

小辉一听,有些失望:"你这算什么话？说了等于没说,送不来,我们怎么吃？"他随即就邀请大家:"这是我爸给我送的炖鸡,吃吧,大家趁热吃,我爸刚才在校门口等我的时候,一直把它捂在怀里呢！"

谁知寝室里其他几个同学一听,却直掀鼻子:"啧啧,什么炖鸡,老土！我们要吃汉堡。"

小辉这时候已经撕下一只鸡腿往嘴里塞了,一听这话,立刻"噗"一口将嘴里的鸡肉吐了出来:"对对对,不吃不吃,改天让我爸送汉堡来。"他说着,竟将这只炖鸡"扑通"扔进了垃圾篓里。

王海一见惊呆了,他张张嘴,想说什么,最终却什么都没说。

晚上,大家早早都睡了,小辉因为白天军训脚上磨起了水泡,哼哼唧唧地没睡踏实。这时候,他突然听到对面下铺传来一阵"窸窸窣窣"的声音,睁眼看去,只见王海在穿衣服,随后就跳下床开门出去了。小辉起初以为他是去上厕所,并没在意,可直到过了很久很久,也不见他回来,小辉觉得很奇怪。

第二天晚上,大家都睡熟了之后,王海又悄悄溜出去了,这回小辉是故意装睡,待王海一走,他的眼睛就睁得大大的,决心今天非要等到王海回来再睡不可。小辉等呀等,等呀等,一直等到半夜十二点,走廊上终于响起了轻轻的脚步声,他立刻从床上爬下来,闪到门后,将开门进来的王海抓个正着。

小辉很得意,问王海:"说,干什么去了？"

"吓死我了！"见是小辉,王海忙示意他小声点,"你千万别声张,让严老师知道我自说自话出去,就死定了。告诉你吧,我馋得不行,回去吃我妈的拿手好菜去了。"

小辉才不信王海的话呢:"你骗人,校门口看得那么严,你怎么出得去？"

王海压低声音说:"我告诉你,你可别说出去。学校放实验器材的仓库后面有道围墙,围墙上有个小豁口,能爬出去。"

"真的?"小辉眼睛一亮。

"信不信由你!"王海打着哈欠,再也不理小辉,顾自上床睡了。

第二天晚上,王海又翻墙回家,刚爬上墙头,墙外突然也冒出个头来,他吓得"妈呀"一声从墙头上跌下来,结果两个人都被学校巡逻的保安给抓了个正着。保安一问,巧了,他俩一个是三班的学生,一个是三班学生的家长。

保安将他们俩带到三班班主任严老师那里,严老师很客气地请学生家长坐下。

那家长不好意思地给严老师赔笑道:"实在对不起,严老师,我是小辉的爸爸,想进来给他送点吃的,没想给您添了这么大麻烦。"

严老师看着小辉爸爸直摇头,说:"太溺爱孩子可不是好事呀,该吃的苦就得让孩子吃。再说了,你看你给孩子做的什么榜样……"严老师把小辉爸爸批评了一顿,然后就把他送出了学校。

回过头来,严老师狠狠瞪着王海说:"看来你翻墙回去肯定不是第一回了,为什么要这么做? 明天叫家长来!"

王海此时低着头,涨红着脸,小声说:"严老师,他们……他们没空,明天来不了。"

"那我去家访总该成了吧?"严老师显然是生气了,"明天军训结束,我跟你回去一趟。"

王海的家和学校只隔一条街,第二天军训结束,严老师果然要王海带她去他家。师生俩一前一后走到王海家门口,严老师正要抬手敲门,王海抢先一步掏出了钥匙。

踏进门,屋子里静悄悄的,严老师正想问王海他爸爸妈妈去哪儿了的时候,她看到有一个佝偻着背的中年妇女斜躺在床上。

严老师愣住了！不用问,这一定就是王海的妈妈,她怎么也没有想到,王海的妈妈竟是个没有了双腿的残疾人。严老师一步冲到王海妈妈床前,紧紧拉起她的手,心里深深地自责起来……

从王海家出来,严老师的眼睛红红的。

王海对严老师说:"严老师,谢谢您没有把我翻墙的事告诉妈妈,要不然她会很难过的。"

严老师疼爱地抚着王海的头,说:"王海,以后你再也不用翻墙了,老师特批,你每天都可以光明正大地回家。妈妈有你这么一个懂事的孩子,她心里一定会感到欣慰的。"

"真的? 严老师,您真好!"王海高兴得跳了起来。

原来五年前因为遭遇一起车祸,王海的爸爸撒手离世,妈妈又落下了终身残疾,王海从此就一直和妈妈相依为命。现在进入高中后,按学校规定,军训期间所有的新生必须住校,这样照顾妈妈就成了问题,王海只好每天晚上悄悄翻墙回家,给妈妈擦背洗脚,再给妈妈把第二天的饭菜准备好,然后才赶回学校。因为刚进校园,他和老师同学都不熟,所以就不好意思说……

(南　风)

(题图:安玉民)

爱与傻无关

　　扎根是个遗腹子,自打出了娘胎,脑子就不好使。长大了,村里人都叫他"傻扎根"。每年农闲时,村里的男人们都外出打工挣钱养家,可扎根不行,他只能挎着个篮子满村转,捡点破烂换零钱。

　　扎根最爱去的地方,是村旁公路交叉口的那个"阿永家电修理部"。在那儿,他总能捡到些电线头、烂喇叭之类的小东西,有时累了,就坐在修理部门口的破竹椅上,看阿永干活。阿永从不烦他,有时候手上闲了,还会和他聊几句。

　　这天,扎根又坐在那里看阿永忙活,看了半天,突然问:"阿永,你会不会修收音机?"

　　搞家电修理的人都知道,收音机看起来简单,修起来却很麻烦,而且也赚不了几个钱,阿永当然也懒得修了。可他刚想推说"不会",转念一想:这个傻扎根,三十好几才娶了个媳妇,谁知待把媳妇娶回来,才发现她竟比扎根还傻;扎根的老母亲也七老八十了,现在一家人全靠扎根养活。他家里穷得叮当响,收音机怕是唯一的家用电器,莫非是坏了要修?这么一想,阿永便冲扎根点点头。

扎根见阿永点头,兴奋地问:"你能保证修好不?"

阿永笑道:"保证能修好。"

听到这话,扎根转身就跑,不一会儿,就"呼哧呼哧"地回来了,把手里的红布包朝阿永面前一放,说:"给你。"

阿永打开一看,哭笑不得:这叫什么收音机啊?一个又脏又破的盒子,加上一块电路板,既没电池,又没喇叭。

阿永指着这破玩意儿问:"这东西响过没有?"

扎根咂着嘴说:"都听了好几年了,用它听戏过瘾得很。"

阿永一听,只好摇头苦笑。他转身在铁架上翻了一会儿,找出一个八成新的收音机,递给扎根,说:"拿去吧,包你好听。"

扎根愣住了:"你给我了?"

阿永点点头:"给你的!"

扎根于是便接了过去,拿在手里拧旋钮,一会儿开大,一会开小,喜得合不拢嘴,连说:"还是你这个好使。"说罢,就捧着乐颠颠地走了。

可谁知过了两天,扎根又来了,进门就问:"阿永,我那个收音机修好没有?"

阿永奇怪地瞪了扎根好半天,说:"不是给了你一个能听的吗,你还要那破玩意儿干啥?"

扎根脖子一扭,说:"给的是给的,可原来那个还是我的。"

阿永一听可来气了:这是哪家的逻辑?他拉开嗓门吼了一句:"那你把我原来那个还给我!"

"还给你？还不回来了！"扎根傻呵呵地笑起来，对阿永说，"那个收音机被我媳妇抢走了。"

阿永朝他眼一瞪："她要收音机干什么？她傻乎乎一个，还要听什么收音机？"

扎根却板着脸说："她要不抢，我也想把收音机给她，她有伴儿了，就不再找我和我妈麻烦了。可我，我……"

"你？"阿永突然明白过来，"扑哧"一声道，"说你傻，你其实并不傻嘛，是你自己听不上了，对吧？"

"不，不是！你怎么这样说我？"扎根憋了个大红脸，半天说不出话来。

阿永一看他这副样子，乐了，就故意逗他："肯定是，你不承认，我就不给你修了。"说着，便将他原先拿来的那个破盒子朝桌上一扔。

这时候，扎根的脸涨得更红了，憋了半天，梗着脖子说："不给修拉倒。"说完，扭头就走。

阿永没想到扎根一个半傻子脾气倒挺大，可再想想：算了，何必与傻子计较那么多？于是便抓着空子，东拼西凑地把扎根的那个破盒子收音机鼓捣好了。

天刚擦黑的时候，扎根果然又来了，照旧倚在门框上望着阿永傻笑。

阿永瞅他一眼，说："来拿你那破玩意儿了？"

扎根点点头。

阿永放下手里的活计，故意将两手往腰里一插，瞪着扎根说："不告诉原因，就不给你。"

哪知扎根脾气倔得像头驴，嗓门比阿永还大："不给拉倒！"说完，扭头又要走。

阿永见状，急忙上去一把拽住扎根，忍住笑说："别走别走，我给你就是了。"他说着，就把修好的收音机塞进扎根手里。

　　扎根捧着收音机看了又看,听了又听,这才咧嘴笑了,嘴里嘟囔着:"这下好了,我妈有事做了。"

　　阿永一听,奇怪了:"你是说,这收音机是给你妈的?"

　　"是啊,"扎根说,"我妈眼睛不好使,又经常腰疼腿疼的,疼起来就整晚整晚睡不着,睡不着她就想找个人说说话,找不到人就只好对着墙壁一个人乱嘀咕。现在好了,收音机修好了,她就有伴儿了。"

　　阿永一听呆住了,没想到扎根竟是个大孝子,可自己竟还逗人家取乐,他真想打自己两个耳刮子。阿永拉住扎根说:"你别走,我这里还有个大收音机,声音好,也好使,拿回去给你妈用正合适。"说着便从货架最上层捧下一个台式收音机,递给扎根。

　　谁知扎根却连连摇头,说:"你已经给过我了,我哪能再要?"

　　阿永急了:"扎根,你拿着,我不收你钱,就算是我送给你妈的,行吗?"

　　"你送给我妈的?"扎根一听乐了,"这是你自己说的,你不要反悔哦!"他说着,一把从阿永手里捧过收音机,头也不回地就朝家跑。

　　望着扎根远去的背影,阿永长长地嘘了口气:我怎么会反悔呢? 他心里直感慨:傻子也有孝心,甚至是平常人都比不上的孝心啊……

(王圣永)

(题图:安玉民)

女儿香

　　梅香是个乡下女孩，今年十四岁，因病住进了县医院，没几天时间，就花去了好几千块医药费。梅香不知道自己得的啥病，问医生，医生说是重感冒，还有点儿贫血。梅香不信：感冒咋会用这么多钱？可问爸爸，爸爸也这么说。

　　这天，爸爸又回家筹钱去了，姑妈替爸爸来照看梅香，和姑妈一起来的，还有姑妈的儿子大松。大松和梅香是表兄妹，小伙伴在一起聊得很开心，梅香想试试从他嘴里套出自己真实病情来，于是灵机一动，故作轻松地说："大松，你猜，我得的是啥病？猜对了，我给你好吃的。"

　　大松想也没想，张口就说："猜啥呀，我早就知道你是晚期白血病……"可是话一出口，他突然想起妈妈的嘱咐，连忙改口，

"不不不,不是白血病,是贫……贫血,真的!"

可是梅香已经愣住了,半天没吭声。不过,她尽管眼睛里含着泪,却反而安慰大松说:"你别着急,反正我就装作不知道,姑妈不会怪你的。"

可梅香到底是孩子呀,她在大家面前强装出笑脸,晚上躲在被窝里,泪水把枕头都打湿了。她知道晚期白血病是很难治好的,就是治好了,也要花很多很多钱,家里只有爸爸一个人种地,哪拿得出这么多钱啊?

第二天早上,爸爸赶回医院来了,一到就急着去把口袋里的一沓钱交给医生,说这是给梅香继续治疗用的。梅香看到爸爸身上、脸上沾着斑斑血迹,大吃一惊,追着爸爸问,爸爸才吞吞吐吐告诉她,是因为回去没借着钱,于是就请人帮着把家里那头耕牛杀了连夜去卖,刚才怕时间紧,就急匆匆往医院赶,来不及换衣服,才搞成这个样子的。看见爸爸一夜间苍老了许多的面容,又想到那头心爱的老牛已经为自己而去,梅香鼻子一酸,眼泪"哗哗"地流了下来。

爸爸替梅香抹去泪水,强笑着说:"别难受,那头老牛早就不中用了。再说杀它之前我还给它喂了好多草料,我问它:'咱是为了给梅儿治病,你没意见吧?'它挺明白地朝我点头,嘴里还'哞哞'叫了两声……"

父女俩正唏嘘着,这时病房里进来了几位医生和护士,这是医院惯例,是到每天例行的查房时间了。不料一向听话的小梅香,此刻却一反常态地从病床上爬起来,既不回答医生的询问,也不接受任何检查,只顾默默收拾自己的行李物品。

主治医生不解其因,轻声问道:"小梅香,你是病人,应该配合医生积极治疗才对,可不能任性啊!"

谁知梅香却朝主治医生嚷嚷:"谁是病人?我没病,我才不是病人呢!"

小梅香的反常举动,不仅让医生和护士感到惊讶和不解,就连站在旁边的爸爸一时间也丈二和尚摸不着头脑。

爸爸见女儿冲撞医生,脸都吓白了,可梅香却好像没事儿似的,对爸爸说:"爸,我本来就只有一点点塞鼻子,他们却硬说我是重感冒;我鼻子流了几回血,明明是身体里血太多了,可他们还说我贫血。我已经被他们硬整去几千块钱了,现在又整得咱家把老牛都卖了。爸,别听他们的,我真的没病,你瞧,我这不是好好的吗?走,咱回家,再这样被他们整下去,咱家的房子怕也要保不住了。"梅香说完,一把拿起行李,就要将爸爸往门外拽。

医生和护士们顿时全傻了眼。不过虽然小梅香的话有些过火,可大家并不怪她,令大家着急难受的反而是,面对这样一个纯朴的孩子,却不能对她说出真实病情。

这些人里最着急的,自然是梅香的爸爸,这个孤儿出身的庄稼汉,由于贫穷,一直没有娶妻成家,所幸十年前从牛棚边捡了个弃婴,总算做了一回父亲,眼见聪明伶俐的梅香一天天长大,饱尝艰辛的他才有了莫大的精神安慰,没想可恶的病魔现在却偏偏向梅香伸出了黑手……当知道梅香病情的那一刻,爸爸急得差点撞破了头,他暗自发誓,宁愿自己去死,也要夺回梅香的生命。

可眼下令他不解的是,时隔一夜,善良乖巧的女儿怎么突然像变了个人似的?不仅拒绝治疗,还愣说人家医院的坏话。此刻,老实巴交的他既怕说出真相伤及梅香,又怕梅香恶言恶语得罪医生,他一时急火攻心,手脚无措,只觉眼前一黑,竟昏了过去。

在场的医生护士这下更紧张了,一拨人稳住小梅香,另一拨人赶紧将梅香爸爸送急诊室抢救,输液、扎针,忙了好一阵,梅香爸爸才缓过气来。

梅香硬是跟着去了急诊室,此刻见爸爸醒过来了,终于松了口气,随医生护士重新回到自己病房。不料,一进病房门,梅香突然"哇"地大哭起来,哭得那些医生护士们不知所措。好一会儿,梅香才止住哭,朝医生护士深深鞠了一躬,说:"叔叔阿姨,对不起,我知道你们对我好,你们怕我伤心,才隐瞒我的病情,其实,我已经知道自己得的是啥病了。请你们原谅,先前我说的那些话,只是想哄住我爸,好让他放弃对我的治疗,没想到我爸会急成那样。现在趁我爸不在这里,我求求叔叔阿姨,帮我一起撒个谎,骗骗我爸,就说……就说你们诊断错了,我不是白血病,而真的是感冒……"

医生护士们一听,惊呆了:"啥?孩子,这样做不行啊!"

可梅香却坚持:"叔叔阿姨,我家太穷了,我爸独自一人把我养这么大,已经苦了多少年了,如今我得了这个病,再要治下去,我爸就真的倾家荡产永远过不上好日子了,我没有机会报答他的养育之恩,可我不想再继续拖累他。求求你们了,请叔叔阿姨一定接受我这个小小的心愿,骗骗我爸。答应我吧,就这一次……"说到这里,梅香双腿一屈,"咚"地一声跪倒在了地上。

医生护士们听着梅香的诉说,看着梅香伤心欲绝的样子,一个个心都碎了……

这时,躺在急诊室里的梅香爸爸已经清醒过来,他一心惦记着梅香,就硬挣扎起身子,要去看她,看到梅香的主治医生来了,就连忙向他打听梅香的情况。

主治医生愣了片刻,脸色凝重地告诉梅香爸爸说:"实在抱歉,你女儿以前的诊断有误,她患的不是白血病,而是重感冒……"

主治医生说完,递给梅香爸爸一个厚厚的信封,说这卖牛的钱医院就不收了,多余的是大伙儿一起凑的,给梅香买营养品。

梅香爸爸简直惊呆了:医生怎么可能会误诊?他也不知哪来的力气,撇下主治医生一阵风似的跑到梅香病房里,连问了好几个熟悉的医生护士,见大家都这么说,他这才相信,高兴得连连给医生护士打躬作揖,感恩不尽。可是知情的医生护士目睹此情此景,真是欲哭无泪,他们心里都清楚,梅香这一离开,将成永诀。

临别时,大家嘱咐梅香爸爸,要他一定给梅香买身好衣服,买点好吃的,千万注意给孩子调养。爸爸看到医生护士待病人这么厚道,感动得眼睛里泪花直闪,孩子似的笑个不停,他唠唠叨叨地对医生护士不停地说着感谢的话,然后牵着梅香的手,乐颠颠地走出了医院。

你别说,梅香爸爸还真听医生护士的话,出了医院大门就急着要给梅香买这买那。可梅香一样也不肯接受,她要爸爸把钱省着再去买头牛,说马上就要春耕了,家里不能没牛。爸爸拗不过梅香,只好一路跟着梅香走。

可谁知路过一家照相馆时,梅香却突然来了兴致,说:"爸,咱进去照张相吧!"梅香爸爸不知缘由,心里觉得奇怪:怎么梅香今天想起照相来了?但他见梅香高兴,就连声答应。梅香于是便和爸爸走进照相馆,父女俩照了张合影,梅香自己又单独照了一张。

没一会儿,相片就印出来了,父女俩捧着照片看过来、看过去,高兴了好一会。

梅香对爸爸说:"爸,这下好了,以后女儿不在你身边,你看看这相片,就不会惦记女儿了。"

爸爸笑着打趣道:"傻丫头,你咋会离开爸呢? 你将来就是嫌弃爸,爸也要赖着你!"

可是梅香却靠在爸爸怀里,眨着眼睛找理由:"比如说,女儿上大学了,或者毕业工作了,还有……将来女儿出嫁了,那时候,不就要离开爸了吗?"

爸爸一听梅香这么说,更乐了:"嘿,我才不会让我女儿出嫁呢,到那时候呀,我要招个女婿来我家倒插门!"

这一天,或许是多日来父女俩最开心的一天!因为就在梅香回家过后没几天,她的病情就突然恶化了。梅香坚持说自己只是感冒,坚决不让爸爸送她去医院,直到停止呼吸的那一刻,爸爸才猛醒过来:医院确实是误诊了。爸爸跌跌撞撞地直奔医院,呼天抢地地要医院赔他女儿的性命。

没办法,主治医生只得颤抖着手拿出一张纸递给悲痛欲绝的梅香爸爸。那纸上有一枚手印和几行字迹,还夹有一根红红的燃香,梅香爸爸一眼就认出,这是梅香留下的。

梅香在纸条上这样写着:爸爸,我知道自己是晚期白血病,是我自愿放弃治疗的。您别怪女儿,也别怪医院。我听姑妈说,烧香可以求福,我不在了,爸,您就替我点燃这炷香……

（魏柏林）

（题图:安玉民）

一粒子弹头

刘五爷出生在清朝末年,十六岁那年被挑去给皇帝当侍卫,据说有一次惹恼了皇帝,皇帝一气之下朝他开了一枪,子弹射进他的左脚,弹头一直留在里面。

后来,刘五爷参加了辛亥革命,忍着脚伤的疼痛照样行军打仗,还屡立战功。只是后来由于腿脚不便,行动越来越困难,这才离开部队,回乡种地,还娶了个农民的女儿做老婆。这女人也争气,一口气为刘五爷生下五个儿子,把左右乡邻羡慕得不行。

可俗话说:天有不测风云。刘五爷和老婆含辛茹苦好不容易把五个儿子养大,让他们一个个娶妻成家、生儿育女,眼看就到了自己可以享清福的时候,"文化大革命"开始了。白发苍苍的刘五爷成了"旧军阀的代表",天天被拉出去批斗,一站就是大半天,他那留着一粒子弹头的左脚哪里受得了这么折腾,痛得实在挺不住的时候,刘五爷就只好倒在地上装死。

刘五爷的老婆看在眼里、痛在心里,便借了点钱,硬拉刘五爷去医院检查。医生一看,说:"这事儿简单,开一刀把子弹头取出来就好了。"可那时哪的钱开刀呀?老两口想来想去没别的法子,只有去求五个儿子。

可让他们寒心的是,老两口把这事儿一说,五个儿子没一个肯掏钱,都说动手术不是闹着玩的,老爷子这么多年都熬过来了,再挺一挺不就过去了吗?五个儿子还说,那子弹头是清朝皇帝给打的,早不取晚不取,偏偏现在这时候取,这不反而是在给人家提供口实吗?

更让老两口伤透心的是,这五个不肖子不愿掏钱也罢,哪知当天晚上竟还联名贴出告示,表示要坚决和老军阀刘五爷划清界限。老两口气得差点吐血,好在刘五爷是个硬骨头,任凭怎么斗,他就是不屈服,就是不死。老两口相依为命,愣是熬过了那些年月。

这天上午,刘五爷正坐在家门口晒太阳,突然来了个西装革履的人,喊他一声"爸",说:"儿子十多年没有孝敬您老人家了,今天是特地来给您磕头的。"

刘五爷抬眼一看,认出面前这人竟是自己的大儿子。他呆住了,说:"磕头就免了,有什么事?直说吧。"

大儿子凑近刘五爷,说:"爸,这些年其实我一直惦记着您脚上开刀的事儿,现在条件好一些了,我想接您去城里把刀开了。"

刘五爷一听"开刀"两个字,气就不打一处来,哼了声鼻子说:"开个屁?我都黄土埋脖子了,还去开什么刀哇?前些年天天站着挨斗,那倒真是痛得钻心,现在无所谓了。"

可大儿子不答应:"爸,不管怎么说,弹头在里面总不是个事儿,说不定哪天又痛了,还是让医生开一刀,拿出来放心。您再想想,想好了打电话给我,我来接您去医院。"

大儿子说完就走了,刘五爷瞧着他的背影,嘴上挺硬,心里却很开心:到底是自己养大的儿子呀,不管怎么样,现在总还能想到我,不错啦。一高兴,他当晚就多喝了一杯酒。

第二天一早,刘五爷还没起床,谁想多年不见的二儿子也上门来了,走到刘五爷床前说:"爸,您还好吗?我一早就来了,怕吵了你,一直在门外等着。"

刘五爷见二儿子也总算回心转意替自己着想了,眼睛就不由有些湿,他问:"老二,你怎么想着回来看看了?有事?"

二儿子在刘五爷床边坐了下来,拉着刘五爷的手说:"爸,我今天来,还不是为了您脚上那粒子弹头,那玩意儿不见医生是不会自己跑出来的,我陪您去看看吧?"

刘五爷一听,感慨着说:"老二啊,我几十年都挺过来了,现在这个年纪,何必再去花这冤枉钱呢?你就别操这份心啦。"

可谁想,二儿子也不答应,而且接下去,老三、老四和老五突然一个个都来看刘五爷了,而且都是动员他去医院开刀取子弹头,刘五爷不答应,他们就不罢休。再后来,五个儿子、五个媳妇来了个总动员,浩浩荡荡一起来见刘五爷,非要送他去医院动手术。

这一来可把刘五爷给镇住了。刘五爷心想:儿孙总归是儿孙,不管他们以前对我怎么样,现在回心转意也总是一份孝心。去医院就去医院吧,把子弹头拿掉,或许腿脚真能再利索几年。他这么一想,就点了头。

手术那天,五个儿子和五个媳妇早早地都赶到了医院,刘五爷被推进手术室后,他们一直守候在门外寸步不离。

手术进行得很顺利,当刘五爷被推出手术室的时候,儿子儿媳们一下全扑了上去。

大儿子拉着医生急切地问:"子弹头呢?"

医生愣住了："怎么回事？你们做小辈的,老爷子的情况不问,却惦着子弹头?"他亮亮手里的托盘说,"不就是一粒子弹头吗? 又不是什么宝贝。"

可大儿子眼疾手快地一把就将托盘里的子弹头抓到手里,其余几个儿子儿媳看到了不肯罢休,立刻上来抢,兄弟之间直争得面红耳赤,谁也不肯让步。

医生和护士在旁边简直看得目瞪口呆,半天才回过神来,就上去拉他们："你们这是干什么呀?"

老五的媳妇因人小体弱,被挤在最外面,她哭着说："你们不知道,听说当年清朝皇帝用黄金铸了十粒子弹头,从一到十编了号,是专门用来对付他身边的谋反分子的。我公公脚上这粒子弹头,肯定就是其中的一粒。现在十粒子弹头中九粒已经被外国人高价买走了,国内只剩下这一粒,价值连城呀……"

（刘祖建）

（**题图**:俞耀庭）

墓地银行

　　爱克尔是一名保险推销员,工作很累,收入却很少。这天上午,他跑了好几个地方也没卖出一单保险,正沮丧时,手机响了,是他老父亲的律师打来的,说老人家病危,要爱克尔火速赶到蒙大拿州医院去。

　　爱克尔的老父亲叫古德斯,是个大牧场主,也是蒙大拿州赫赫有名的富翁,可他脾气暴戾,对子女非常苛刻,爱克尔就是因为不堪忍受父亲的乖僻性格,才跑出来独自谋生的,十多年了,一直没回家看过一眼。现在,上帝终于要把这个凶暴的老头子带走了,爱克尔长出了一口气,于是就乘坐班机赶回蒙大拿。

　　爱克尔赶到医院时,他的五个哥哥和他们的孩子都已经守候在老父亲的病床前了,他们和爱克尔一样,都是得到律师通知后从各地赶来的。此时,古德斯正躺在病床上喘粗气,身上插满了各种管子。

看到多年不见的儿孙们都来了,古德斯示意律师将他扶起来,耗尽最后的力气说:"我亲爱的……孩子们,我……终于又看到你们了。上帝给我的时间……已经没有了,我知道你们……恨我,讨厌我,都躲得远远的,我……活着时很少能见到……你们,我希望我……我死后,你们……能常来看我,至少每个星期……到……到墓地来看我……看我一次。现在,就请……请律师……宣布我的遗嘱……"

律师把古德斯的遗嘱念了一遍,大意是:遗产将分为二十二份,六个儿子、十六个孙子各一份;但每人数额不等,不过最少的也有十万美元;遗产将以现金形式分期支付,律师作为遗产支付的执行人,将指导他们如何领取。

律师念完遗嘱,爱克尔心里就开始盘算拿到钱后该做什么了:先买一幢小别墅,再买一辆福特车,然后就辞职,彻底告别又累又苦的推销员生活……他越想越开心,直到几个哥哥发出一声干嚎,他才意识到老头子已经死了,连忙用力挤挤眼睛,跟着一起嚎起来。

好不容易等到葬礼结束,爱克尔和他的几个哥哥及侄子就迫不及待地追着律师打听,老头子的遗产在哪里领,自己能领多少,怎么个领法。

律师指指墓地,对他们说:"领取地点就在这里。至于你们每个人到底能领多少,怎么个领法,一个星期之后的今天,你们来就知道了。"

这死老头子搞的什么鬼?想到还要在蒙大拿等上漫长的一个星期,爱克尔心里真是急得火烧火燎。他每天都在扳着指头熬日子,好不容易熬到第八天头上,就急匆匆赶往墓地。

爱克尔的哥哥和侄子们也都先后到了,律师让古德斯的这二十二个子孙在墓前站成一排。然后,他自己用手在墓碑上方轻轻一按,这时候,令人惊异的一幕出现了:墓碑下半截缓缓滑向一边,一台银灰色的内置取款机霍然出现在了大家的眼前。

律师正色道:"现在,我就按照古德斯先生的遗嘱,教会你们怎样使用这台墓碑取款机。第一步,你们把自己取款磁卡上原先设定的初始密码改掉。"律师一边说,一边就把手里一沓取款磁卡一一分发给各位,接着又给他们示范一遍。只见他把磁卡插进墓碑取款机,按下初始密码,只见屏幕上立刻跳出一个古德斯的头像,下方还跳出一行字:亲爱的律师,欢迎你带领孩子们来看我!律师回头扫了爱克尔他们一眼,随后又默不作声地迅速按了一串键码,把初始密码改掉了。这之后,他再按初始密码,取款机就毫无动静了。

看着律师这一连串示范动作,爱克尔他们真是感到又惊讶好奇又哭笑不得,他们一个个依次上前,将律师发给自己的磁卡插进取款机,把初始密码改了。

这之后,律师又重新走到取款机前,插入磁卡,输入新密码。这时候,只见取款机屏幕上的古德斯头像变成了全身坐像,他端坐在宽大的扶手椅上,目光如炬地看着此刻正站在他面前的这二十二个子孙。

律师于是就对他们说:"现在,你们可以取走古德斯先生留给你们的第一笔遗产了。哪位先来?"

爱克尔早就等不及了,立刻说:"我来,我来,让我来试试!"他走到取款机前,把自己的磁卡插进取款机,输入新密码,可奇怪的是,等了好一会儿,屏幕上一点反应也没有。

律师笑了,对爱克尔说:"知道这是为什么吗? 爱克尔先生,您太性急了。在取款之前,您必须要执行两道程序。第一,先向您的父亲行三个鞠躬礼。取款机上装有摄像头,它只有在您向您父亲鞠了三个躬之后,才会将图像转为命令……"

　　爱克尔一听明白了,没等律师说完,就急急忙忙弯了三下腰。这时候,取款机屏幕果然跳了一下,接着,在古德斯坐像下方出现了一个对话框。

　　律师对爱克尔说:"现在就请您执行第二道程序,把最想对父亲说的一句话输进对话框,然后再输入新密码。"

　　此刻,爱克尔就是再笨,也知道该把什么样的话输进对话框。随着一阵"滴滴答答"的按键声,对话框里出现了这样一句话:亲爱的爸爸,我很想念您。随后,爱克尔把新密码一按,古德斯满面笑容的头像立刻就出现在了取款机屏幕上,下面还跳出一句话:我亲爱的孩子,谢谢你。接着,出币口轻轻一响,一叠美元从里面吐了出来。

　　爱克尔立刻伸手去抓钱,可是马上脸就拉长了,因为他手里抓到的,只有五百美元。可是此刻出币口已经关闭,再不见动静。爱克尔急了:"不是说老头子留给我们每个人的,最少也有十万美元吗? 我怎么只拿到这么一点点?"

　　律师给爱克尔解释:"没错,你们每个人最少的也能拿到十万美元。但是这笔钱你们一个星期只能取一次,每次只能取五百,而且如果你们到期不来取,就视为自动放弃。这个电脑程序是古德斯先生生前设定好了的,对你们每一位继承人来说,尽管数额不一样,但取款方式是一样的。"

　　爱克尔一听,大叫起来:"老头子是要用这种方式让我们每个星期来看他一次啊?"

　　律师点点头:"是的,古德斯先生深知在世时与你们的感情难以恢复,可他又实在无法忍受自己孤零零一个人躺在冰冷的坟墓里,所以才做了这样的安排。他希望在他死后,你们做小辈的能经常来这里看看他,让他能享受到迟来的天伦之乐。"

　　听律师这么一说,爱克尔的几个哥哥和侄子都不出声了,谁还能精明得过这位躺在坟墓里的老人呢? 他们只好规规矩矩地排队，按照律师说的取款程序，行礼，输入问候语，按下密码，然后从取款机里拿走五百美元；到第二个星期，再来墓地，再重复这套程序，再从取款机里拿走五百美元。这二十二个子孙，其实一个个心里都憋着气，可是又抵挡不住钱的诱惑，所以就只好一个星期一个星期地来回往墓地跑。

不过对爱克尔来说，虽然一个星期只能拿五百美元，但比起做推销员，这个收入可要好多了，而且还不费力。于是，爱克尔索性搬到蒙大拿来住了，就靠每星期上墓地取一次款，过他的小日子。冷清的墓地从此也就不只是古德斯安息的场所，更成了他的子孙们可以定期取钱的"银行"。

事情一传开，嗅觉灵敏的记者立刻来做现场采访，并在电视新闻里播出，律师作为古德斯先生的遗嘱执行人，受到了记者们的格外关注。有人猜测这会不会是律师搞的招术，律师解释说："先生们，你们误会了，这绝对不是我的创意，这是古德斯先生自己想出来的点子。至于这台墓碑取款机，古德斯先生生前已经获得了该项发明专利，我只不过是替他完成最后的安装而已。"

有记者问："律师先生，您认为古德斯先生的这种做法，是否实现了亲情的回归？它究竟能不能唤醒后代对长辈的尊敬呢？"

律师连连点头："这当然！我认为古德斯先生的这个办法很有可取性。我还可以告诉大家的是，已经有两位高龄富翁预订了古德斯先生的这项专利发明，而更多的人则正在考虑之中。也就是说，古德斯先生晚年这种对亲情的热切渴望，必将促使他的这项专利发明在销售领域取得非凡成功。我们可以预见，安装墓碑取款机将成为今后全球的一个新潮流。"

不出律师所料，两个月后的一天，果然又有几位高龄富翁找到律师，提出想要亲眼看看墓碑取款机的实际使用效果。那天正好是周末取款日，律师于是就把他们带到了墓地。

可此刻让律师大吃一惊的是：墓地上除了爱克尔，古德斯遗产的其他二十一个继承人都不见了踪影;而爱克尔却不停地在重复那套取款程序,然后把一叠叠美元装进自己的腰包。

律师心里一沉:"爱克尔先生,您这是在干什么?"

爱克尔不屑地瞥了律师一眼,说:"拿钱啊,你没看见?"

律师惊讶不已:"您的那几个哥哥,还有您的那些侄子们,他们为什么都不来了?"

爱克尔扬扬手里的一叠磁卡,说:"一个星期才拿这么点儿,他们不高兴来回跑,就把磁卡和密码都给了我,让我代拿,等凑齐五千元了,再分别给他们寄去。当然喽,他们说好给我百分之六的提成,嘻嘻,对于我,这可是一笔不小的收入呢!感谢老头子啊,居然给我安排了一个这么好的工作,哈哈!哈哈哈!"

律师一听,勃然大怒:"爱克尔先生,你们这种做法完全违背了古德斯先生遗嘱的精神,作为他的遗嘱执行人,我将有权停止对他遗产的执行。这就意味着,从下星期开始,这台墓碑取款机里将不会再吐出一分钱来。"

爱克尔才不理会律师这么说呢,他鼻子里哼了一声,说:"你这是吓唬谁呀?我们研究过了,这么做并没有违背老头子遗嘱的任何一条。哈,要怪就怪这个死老头子吧,谁叫他不事先将我们每个人的图像输入程序里去呢?如果那样的话,我现在就没办法代替他们来拿钱了,唉呀呀,那我的日子也就没有现在这么好过啦!哼,既然我们没有违反规定,如果你敢停止执行遗产,你就准备上法院当被告去吧,哈哈!"

律师被爱克尔抢白了一顿,气得说不出一句话来。

那几个一直在旁边观看的高龄富翁,这时候一个个都直摇头。其中一个对律师长叹道:"我现在总算看明白了,这墓碑取款机虽然是一大发明,但要靠它来维持亲情,不可能啊!"

（游　子）

（题图:佐　夫）

其 乐 融 融

亲人之间,有时情浓似海,有时也磕磕碰碰,但牵牵绊绊过后,便是和和美美、团团圆圆。

一着妙棋

　　罗杨的爸爸妈妈原先都是纺织厂的工人，两年前双双下了岗，后来妈妈在家操持家务，爸爸去了南京，在一家个体公司里做维修工。爸爸在南京的工作很忙，三五个月也难得回家一次，不过前几天爸爸特地打电话回来，说这个星期天是罗杨十六岁生日，他一定要回来一趟，还说已经买好了一副磁性中国象棋，要作为生日礼物送给罗杨。

　　罗杨酷爱下象棋，曾代表学校参加过全市中学生象棋比赛，还荣获亚军。罗杨下棋是爸爸教的，如今棋艺已与爸爸不相上下，爸爸每次回家，都要与罗杨对弈，杀得天昏地暗，难分难解。妈妈也懂下棋，父子俩"对杀"的时候，她就坐在罗杨身边当参谋。

　　转眼就到了星期六晚上,想到第二天爸爸就要回来了,罗杨特别高兴,他埋头把所有的功课都做完,正要打开电视让自己放松一下,突然外面有人敲门。只听妈妈拉开院门,惊叫了一声:"是你?"来者说:"我可以进去吗?"妈妈说:"老罗不在家,最好你别⋯⋯"来者说:"我知道,只坐一会儿。""那⋯⋯进来吧。"妈妈的声音似乎有些犹疑。

　　罗杨心里不免感到奇怪,来的是谁呀? 而且都这么晚了。他走出自己房间,来到客厅,打量着这个不速之客。只见来者四十岁左右,身材魁梧,浓眉大眼,穿戴非常阔气,而且看上去和妈妈关系很熟。

　　妈妈给罗杨介绍:"这是我老同学,是咱邻县一家农机公司的总经理,姓牛,你叫牛叔。"

　　牛叔打量着罗杨,热情地用手比划着说:"五年前我看到你的时候,你才这么高,嘿,现在越长越像你妈了,眉清目秀的,将来准比你爸有出息。"

　　嘿,这算什么话? 罗杨才不喜欢听他这么夸呢,拉长了脸不作声。牛叔马上意识到了,立刻解释说,他是来这里参加农贸洽谈会的,明天就要走,今晚过来和他妈聊聊。

　　屋里的气氛显得有点尴尬,于是妈妈就提议罗杨和牛叔下棋,罗杨这才来了精神。可牛叔是来找老同学聊天的,他哪有心思下棋啊,但又不能驳主人面子,只好耐着性子坐下来。第一盘,牛叔根本没把罗杨放在眼里,但刚一交手,就被罗杨"乒乒乓乓"一阵猛杀败下阵来,于是第二盘他不敢掉以轻心了,使出浑身解数,终于赢了回去。到第三盘,双方都亮出了各自的看家本事,激战一个多小时,最后战成了和局。这时候,墙上的时针已经指向十点,牛叔说脑子累了,不愿再下,妈妈于是就叫罗杨回自己房里去休息。

　　罗杨当然就上床睡了,可不知什么时候迷迷糊糊醒来,隐约听见客厅里竟还有说话声。他看看床头柜上的钟，已经半夜十二点多了。奇怪，妈妈和牛叔哪有这么多话聊的？罗杨好奇地从床上爬起来，悄悄将房门推开一条缝，朝客厅望去，发现这个牛叔正坐在妈妈旁边，一只手放在妈妈的膝盖上，两个人头凑在一块儿，正低低地在说着什么。

其实罗杨不知道，他妈妈和这个牛叔原来曾经是一对恋人，他们从小学、初中一直到高中，都是同班同学，到高三那年，出于少男少女的一时冲动，妈妈和牛叔跨越雷池偷尝了禁果，后来牛叔考上了大学，妈妈却名落孙山，牛叔父母便死活不同意这门婚事，妈妈只好和牛叔断绝关系。五年前，牛叔曾经想重温旧梦，被妈妈坚决拒绝了。上个月牛叔的妻子因病去世，牛叔的心思就又活了起来，他今天是特地来找妈妈的，可妈妈不想毁了自己的家，但面对昔日恋人，她又没有足够的勇气和他一刀两断。

罗杨毕竟是个小大人了，看妈妈和牛叔这个样子，多少有点猜到了他们的关系，他心里很不是滋味，想着是咳嗽一声惊醒他们呢，还是出去直接把牛叔赶走。他正在犹豫的时候，忽听院门外传来爸爸喊妈妈的声音："淑萍，我回来了，开门！快开门！"

爸爸喊声未落，那个牛叔就已经将手从妈妈膝盖上移开了，只见他一副不知所措的样子，对妈妈说："我去躲一躲。"随后就惊慌失措地一头钻进了卫生间。罗杨心想：坏了，爸爸进屋后肯定要上卫生间，这让妈妈今后怎么做人？爸爸妈妈说不定还会因此而分手，罗杨可不想没有这个家。罗杨脑子一转，急中生智冲进卫生间，说："咱们再下一盘棋！"随后他就把牛叔拉到客厅，两个人面对面坐下，摆开了棋盘。

妈妈看到这一切，心里真是百感交集，她长出一口气，稳稳神，然后走过去拉开院门，脱口道："不是说好明天回来的吗？"

爸爸抹着头上的汗，解释说："原来是说明天回来的，明儿一早的车票都订了，后来任务突击完成了，就临时搭夜车回来。这么晚了,你怎么还没睡?"

妈妈回头瞥一眼客厅,说:"小棋迷不睡,我怎么睡呀?"她边说边接过丈夫手里的提包,"明儿是星期天,不上学,今晚就让他玩个痛快。"

爸爸走进客厅,罗杨和牛叔两个人谁也没有抬头,一副全神贯注的样子。妈妈有些尴尬,便朝罗杨叫了声:"儿子,你爸回来啦!"

罗杨似乎这才意识到爸爸回来,抬起头来喊了声:"爸!"然后指指对面的牛叔说,"这是我特意请来的牛叔,棋下得特棒。"

那牛叔呢,站起来朝罗杨爸爸欠了欠身,算是打招呼了,又装作看了下表,惊叫道:"哟,快一点了! 不行,不行,不能再下,我得回去了。"

可是罗杨不让他走:"不行,这盘棋你得下完,我非要赢你不可。"

被罗杨这么一说,牛叔只好又坐了下来。

爸爸看了一眼棋局,似乎也来了劲儿,到卫生间去洗了把脸,出来后就坐到罗杨边上,给他支起招来,只一着就把牛叔逼到了死角。

牛叔不得不佩服:"老罗棋高一着,妙,妙啊!"

爸爸谦虚地笑笑,说:"当局者迷,旁观者清,这算不得什么。"

牛叔起身告辞,罗杨送他出门,一直走到小巷口。牛叔停住脚步,感慨地对罗杨说:"好小子,谢谢你走了一着真正的妙棋啊!"

罗杨脸上却显出和他年龄极不相称的凝重:"我不需要感谢。"

牛叔一愣,立刻从手指上撸下一枚硕大的戒指,递给罗杨:"这是我送你的生日礼物。"

罗杨直摇头："这算什么东西？我需要的,是比戒指更贵重的礼物,你能给我吗?"

牛叔是个聪明人,马上明白了罗杨话里的意思,当即说:"好吧,罗杨,我送你一个最真诚的祝愿,祝愿你永远拥有一个幸福美满的家!"

罗杨一听,眼睛湿了,他喊了一声"牛叔",说:"我收下你这个祝愿,它确实就是我最需要的礼物。谢谢你!"说完,转身就往家走……

第二天罗杨醒来,睁开眼睛就看到爸爸妈妈给他放在枕边的生日礼物。爸爸那副磁性中国象棋当然甭提了,妈妈的礼物是一个十分精致的日记本,罗杨打开一看,扉页上端端正正地写着:小罗杨,父爱母爱永远陪伴着你! 看着妈妈这行娟秀的字迹,罗杨禁不住心潮起伏:在牛叔的感情纠缠和金钱诱惑面前,妈妈终于坚定地选择了爸爸,选择了这个清苦但充满欢乐的家。妈妈充满母爱的选择,又何尝不是一着妙棋?

就在这天,罗杨无意中还发现了一个重大秘密:如果不关上房门,透过院门上的缝隙,完全可以看到当时妈妈和牛叔在客厅里坐的位置,而那夜的房门恰恰是一直敞开着的。假如爸爸当时已经透过缝隙看到了客厅里发生的一切,而又故作不知,那么他进屋后所做的,不同样是一着妙棋吗? 然而,爸爸那夜是否看见屋里的一幕,只有爸爸自己心里最清楚,这或许是罗杨永远无法破解的谜……

（齐运喜）

（题图:魏忠善）

兄弟情深

　　草仔的哥哥是一家私营企业的老板,拥有数百万元的资产。草仔出生就没见过爹娘,是哥哥一把屎、一把尿地把他养大,从草仔懂事起,哥哥就对草仔说:"咱爹娘去世早,长兄为父,一切你得听哥的。"

　　也许是毕竟没有爹娘管教的原因,草仔自小就散漫惯了,没好好上过几天学。后来好不容易初中毕业,哥哥给草仔找了份看门的工作,可他上班后常常是"三天打鱼,两天晒网"。哥哥苦口婆心地劝草仔,每个月怕他钱不够,还另外给他零花,希望他就此收心,从此认认真真地做事,本本分分地做人,可草仔却一点儿也听不进去,相反还嫌哥哥钱给少了,花完了就冲嫂子要。

　　嫂子心疼草仔,常私下再给他钱,哥哥知道了,狠狠骂了他们一顿。这一来,草仔想不通了:哥这么有钱,干吗对自己这般小气? 他于是就恨起哥来,而且一恨就邪火走七窍,想报复哥。

有一天,草仔的一个酒肉朋友"兔嘴三"找上门来,对草仔说:"兄弟,你给我办件事,我付你一万元酬劳。"

草仔一见钱眼就红,问他:"你要我办啥事?"

兔嘴三说:"我在你哥手里有张五万元的欠据,你给我偷出来。"

草仔一听愣住了:"那不行! 那是我亲哥。"

兔嘴三见草仔不肯,嘴一撇说:"原来他是你亲哥啊? 我还以为你是他路边捡的野种呢!"

草仔一听兔嘴三竟说出这么难听的话来,浑身的血立刻往头上涌,一记老拳打过去,直打得兔嘴三鼻口出血。

兔嘴三气坏了:"瞧你他妈的穷酸相,你哥都不拿你当人看,你还当自己是个人物啊? 好,算你有种,上个月你欠了我五百元,你明天就还我。"

兔嘴三跑了,草仔心里好恼好恼。

晚上,草仔想想明天兔嘴三要他还钱,只好厚着脸皮张口向哥哥要。谁知哥哥不但分文不给,还数落他道:"你挺大个男人,自己不会弯腰去赚钱,就光知道花,你还要脸不要脸? 哥就是再有钱,也不惯你这不争气的毛病。"

被哥哥这么一说,草仔不由想起兔嘴三嘲笑他的那些话来,气恼地冲哥哥一跺脚,说:"哼,你哪里像我哥?"他当即就去找兔嘴三,两人计谋一番之后,第二天草仔趁午后家里没人,拿出兔嘴三给他准备好的电钻,很轻松地就将哥哥的铁皮柜打开了。

草仔正要翻找兔嘴三说的那张五万元的欠据,突然门被推开,是哥哥回来了。哥哥一看惊呆了:这个不争气的草仔,居然会做出这种事来? 他气得冲上来"啪"一个耳光就朝草仔脸上扇去:"你这个混蛋!"把草仔打了个趔趄。

"你……"草仔愣住了,"你打我?"说真的,从小到大,哥哥再怎么管草仔,出手打他倒还真是第一次。哥哥望着自己扇得通红的手,也愣住了。

就在这时候,只听外面客厅里传来"扑通"一声响,接着就听见小花猫尖利地叫起来,接着哥哥的那只宠物狗小京巴也狂吠起来。哥哥急步走到客厅门口,一看,原来是小花猫掉进了鱼缸,正在里面拼命挣扎,小京巴前爪搭在缸沿上,一看哥哥来了,就冲着哥哥大叫,那意思是叫哥哥快去救小花猫。

可是哥哥站在那里没动。为啥?平时小花猫是草仔的最爱,可哥哥不喜欢,因为它跟草仔一样不安分,天天围着鱼缸转,就想偷吃里面的鱼,要不它今天哪会掉进鱼缸?小京巴见哥哥不动,知道指望不上了,于是就试着把前爪伸进鱼缸,想把小花猫从鱼缸里抓出来,可因为爪子太短,抓了几次也没抓到。眼看这时候鱼缸里的水面上不住地冒气泡儿,小花猫快要撑不住了,小京巴急得一个劲儿地上蹿下跳,可哥哥就是站在那里不动。

蓦地,只见小京巴把头一低,奋力朝放鱼缸的桌子撞去,它撞一下,鱼缸就向桌子边移动一点,再撞一下,就又移动一点。就这样,一下又一下,鱼缸里面的水被撞得洒了一桌一地不说,当小京巴用尽最后的力气朝桌子撞去的时候,那鱼缸终于失去重心"砰"一声掉在了地上。鱼缸被摔碎了,水花四溅,而小花猫却因此而得救了,这时候小京巴已经被撞得满脸是血,望着终于死里逃生的小花猫,它欣慰地叫了两声,趴在地上直喘气。

这一幕,却把哥哥给看傻了,他简直不敢相信发生在眼前的一切,他的心被深深地震撼了,不知不觉中,泪水从他的脸上流下来,他擦了一遍又一遍,可那泪水就是止不住地往下流。哥哥心里在想:连猫狗之间都有这样的真切之情,我是个什么东西?他猛地抬起手来,狠狠地打自己的嘴巴子,好像唯有这样,方能解自己心中的悔恨。

突然,他像想起了什么,冲出客厅一看,草仔没了人影,房门大开着。"我,我还像个哥吗?"他的心颤抖起来,"草仔再怎么错,我这当哥的得拉他帮他,我怎么能打他呢?"他一跺脚,大喊一声:"草仔!"就朝门外冲了出去。

其实,草仔并没有走,就蹲在屋门口的一个角落里,哥冲出门时的一声大喊,把他震住了。"哥……"草仔一头扑进哥的怀里,嗓音沙哑地呜咽着,"哥,我都看见了,我不是人,我连猫狗都不如啊!"

哥哥把草仔拉进屋,拿来一块雪白的毛巾,轻轻地给他擦去嘴角上的血和眼中的泪,说:"草仔,别哭,哥以前对你关心不够。哥改,哥一定改。"

哥紧紧地抱住草仔,说话间,两兄弟的泪水流在了一起……

（董　朗）

（题图:杨宏富）

你是我的哥哥

刘军很小的时候,妈妈就患乳腺癌去世了,留下爸爸和刘军相依为命,一个大男人和一个小男人在一起生活,家里乱得像个狗窝。

一晃好几年过去,刘军都读初三了。这天吃晚饭的时候,爸爸对刘军说:"军军,有件事爸得跟你商量。爸为你找了个新妈,明天她想到咱家来看看,你说行吗?"

刘军心想:这有什么不行的?这么多年来,爸爸又要上班又要料理家务,实在太辛苦了。

爸爸继续说:"军军,爸为你找的新妈也有个孩子,巧了,和你同年同月生,细算起来,比你要大八天,今后他和我们一起生活,你得管他叫哥……"

刘军本来挺能理解爸爸的,可这会儿他却不高兴了,将饭碗重重地往桌上一放,说:"爸,找个妈就找个妈呗,怎么还找个哥来?又是妈又是哥的,今后我在这家里还排老几?"他说着,"呼"地就站起来摔门而去。这么多年,没妈妈管教,刘军的性子变得特野,在学校里也是调皮捣蛋得让老师头痛。不过,班里几个性子差不多的男生都挺喜欢他,管他叫"哥们"。

刘军憋着一肚子气出门后,就去了他的同学加哥们李小宁家。李小宁有一肚子的聪明才智,不过都没用在读书上,平时光想着怎么捉弄同学找乐子,所以在班上得了个"李歪点"的绰号。刘军找李歪点诉苦,将爸爸明天要领新妈妈和哥哥进门的事说了一遍,末了嘀咕说:"你说这算哪档子事呢?找个新妈不说,还带个哥来,那我在家里还有什么意思?"

李歪点一听,脑子立刻飞转起来,对刘军说:"要说你爸帮你找个新妈,也不是什么坏事,她可以帮你做饭,帮你洗衣服。不过坏就坏在那个哥身上,你想,你没哥的时候,冰箱里有两支雪糕,你可以吃两支,有了哥呢,就只能吃一支了,而且还得看这哥要不要横,万一他比你厉害,只怕你连一支也吃不上。还有……"

"得得得,你就别雪上加霜了。"刘军被李歪点这么一说,不由更加气恼,"我已经够烦的了,你就帮我想个招吧,看有什么办法能不让那个见鬼的哥进我家的门。"

李歪点眨巴着眼睛想了半天,直摇头:"这样的招儿我还真想不出来,你想,要让他进门是你爸的主意,我们怎拗得过你爸?"

刘军一看李歪点朝他摇头,火气上了脸,气呼呼地说:"亏你还叫李歪点,一个狗屁招都想不出来,还歪啥子点?"说着,就要往外走。

李歪点一把拉住他说:"你别走嘛,让他不进门的招没有,可整治他的招我多的是。依我看,你今后和他的关键问题是谁当大哥,谁当小弟。明天你就给他来个下马威,让他尝尝你的厉害,管你叫哥,往后使唤他就像使唤一条小狗,多爽!"

刘军一听,觉得李歪点这话有道理啊,于是脸上便阴转多云起来……

第二天是周末,新妈妈带着她的儿子果真上门来了,爸爸和刘军在门口迎接。双方见了面,新妈妈赶紧从口袋里掏出一个红包塞到刘军手里,说:"拿去买点学习用品吧。"

刘军伸手接着,心想:这还差不多,见面给个红包。可他还没来得及高兴呢,就见爸爸也从口袋里掏出一个红包塞到那男孩手里,也是一样的话:"拿去买点学习用品吧。"嗨,这真应了李歪点那句话,本来一个人独享的好处,今后就要两个人平分了,刘军心里顿时愤愤不平起来。猛地,他想起李歪点说要给对方个下马威的话,就打量起那男孩来,发现他个头和自己不相上下,黑脸蛋、亮眼睛,怎么看都不是个被欺负的主儿,心头不由涌上丝丝凉意。

但刘军心里就是不服气:越是不好欺负就越要欺负,要不,自己今后在家里永远没有说话的份儿了。他于是伸手就去拉那男孩:"走,到我房间去。"

爸爸听到了,在旁边伸手一拦:"你还没叫'哥哥'呢。"

刘军撂下一句话:"你们大人跟大人说话,别管我们。"说着,拉起男孩就进了自己房间。

爸爸要跟过去,新妈妈却高兴地说:"由他们去吧,看他俩一见面就挺投缘的,这是好事呀。"爸爸只得作罢。

可这边刚关上房门,刘军就摆出一副恶狠狠的样子,粗起嗓门问男孩:"你叫什么名字?"

男孩回答说:"我叫梅小海。"

刘军立刻命令他说:"梅小海,你听着,从今以后,我是你的哥哥,凡事你都得听我的。"

梅小海一听,果然不买账:"不对,我妈说我比你大八天,应该我是你的哥哥。"

"放屁!"刘军吼起来,"明明是我比你大八天,知道吗? 我是你的哥哥!"

看着刘军瞪得滚圆的眼睛,好一会儿,梅小海才轻轻说了声:"好吧,就算你是我哥哥。"

刘军一看梅小海让步了,心里不免得意起来:看来这小子不怎么样嘛! 便又说:"还有,今后我说话你一定要听,明白吗?"

梅小海看着刘军,好半晌,摇摇头说:"不行,你说得有理我才听。"

"什么有理没理? 你敢不听我的话?"刘军吼起来,一把揪住梅小海的衣领,"你给我听着,你现在就把刚才我爸给你的红包交出来!"

梅小海低头瞅瞅刘军揪他衣领的手,说:"你这是干吗呢?"

刘军蛮横地说:"你听见没有? 我叫你把红包交出来,你就得交出来。"

梅小海说:"可……可总得有个理由呀!"

"要什么理由?"刘军说,"我是你哥,你就得听我的! 你没看过电视里演的吗?"

梅小海看着刘军这副凶神恶煞的样子,"吭吭哧哧"地说:"电视里演的那是黑社会呀,我俩……我俩今后是一家人,怎么能……"

看来,不给点厉害瞧瞧,这小子是不会服软的。刘军于是伸手捏了梅小海一把脸蛋:"你敢和我顶嘴? 你红包到底交不交出来?"

梅小海哭丧着脸说:"你怎么能这样? 咱俩是兄弟呀!"

刘军见梅小海磨磨蹭蹭地就是不肯把红包拿出来,火了,挥手就"啪"朝梅小海脸上打了一巴掌："哼,是兄弟又怎么了? 我问你,你到底交不交?"

梅小海的眼泪都快流下来了,不得不从口袋里把那个红包掏出来。

刘军于是便松了手,接过红包,得意地笑了,而梅小海则低着头,一声不响地走出了刘军的房间。

晚上,为了庆祝新家庭的建立,爸爸带一家人去酒店吃饭,还邀了几个最要好的朋友。席间,梅小海一直没出声,刘军看他郁郁寡欢的样子,起初心里非常得意,可渐渐地就被一种不安所取代:人家来时可是高高兴兴的,现在这不都是因为我造成的? 我做得是不是太过分了? 毕竟都是孩子,刘军心地其实也挺善良。

为了补偿心里的这种亏欠,吃完饭后,刘军主动说要带梅小海去打游戏机,可是梅小海却直摇头。

"那……买书怎么样?"刘军说,"我陪你去买书。"

梅小海还是摇头:"我没钱。"

刘军拍拍梅小海,悄声说:"嗨,你那红包不是在我这儿吗? 你以为我真要你钱呀? 我只是要让你知道,我是哥,你是弟,嘻嘻,弟弟得听哥哥的。"

梅小海一听,顿时笑起来:"我就知道你不是坏人。"

于是,两个人高高兴兴地上街去了。他们在书摊上左挑右选地看了好一会儿,梅小海最终选中了一本金庸的武侠小说。

为了快点回家看书,刘军带梅小海抄近路走一条黑黑的小巷。两个人正说说笑笑地走着,冷不防从黑暗中窜出个人来,晃着一把发亮的尖刀拦在他们面前:"臭小子,听着,你们乖乖地把身上所有的钱给我掏出来!"

刘军吓坏了,尖叫一声愣在了那里;梅小海大概也被吓糊涂了,站在刘军边上一声不吭。

那人见他们不动,就又逼上一步,骂道:"妈的,你们耳朵聋了? 快把钱交出来!"

没办法,刘军只好颤颤抖抖地从口袋里将新妈妈给他的红包掏出来。可谁知,就在那个人伸手来接的时候,说时迟、那时快,梅小海两只手向前一探,一把锁住了那人拿刀的手,然后用力一拧,身子一旋来了个"鹞子翻身","嗨"一声喊,那个人就直直地从梅小海的肩头飞了出去,重重地摔在地上。

这一幕简直把刘军看呆了,他站在那里一动不动。梅小海却一个跃身跟了过去,一屁股骑在那人身上,回头朝刘军喊道:"哥,你还愣着干吗? 喊警察去呀!"

刘军这才回过神来,忙向巷口跑。等他带着警察赶回来时,梅小海已经解下那家伙的腰带,将他捆了个结结实实。

警察将那家伙带走了,刘军两只眼睛一眨不眨地盯着梅小海,佩服地说:"真想不到,你这么厉害!"

"那当然。"梅小海得意地昂起了头,"你不知道,我以前读的是武术学校哇!"

刘军一听,顿时蔫了,结结巴巴道:"可是先前……先前在家里,我欺负你,你怎么就……"

"嘘!"梅小海捅了刘军一拳,"谁让你是我哥呀? 咱们不是一家人吗? 我怎么能……"

刘军的脸"刷"地滚烫起来,他一把挽住梅小海的胳膊,真诚地说:"不不不,你才是我的哥哥!"

(方冠晴)

(题图:黄全昌)

电话爸爸

　　可可出生没多久,爸爸就到南方打工去了,这以后,每隔十天半个月,妈妈就抱着可可走两里路,到村部办公室去接爸爸打回来的电话,每次都是妈妈和爸爸先说上会儿话,而后妈妈就将听筒放在可可耳边,教可可叫"爸爸"。那时可可还不会叫"爸爸",但可可会听,她听得可入神了,有时还会发出"咯咯"的笑声。

　　当可可咿呀学语会叫"爸爸"时,她已经有点懂事儿了,看见村里其他孩子都有爸爸在身边,自己却没有,就闹着向妈妈要爸爸。每当这种时候,妈妈就会对可可说:"可可听话,可可乖,妈妈明天就带可可去找爸爸。"可是可可等啊等啊,等了足足一年,妈妈也没有带她去找过爸爸。

这一年夏天的时候,有一天妈妈突然对可可说:"可可,想不想爸爸啊? 妈妈明天就带可可去找爸爸!"

"真的,妈妈不骗我?"可可异常惊喜。

这次妈妈果真没有骗可可,第二天她就把自己和可可的衣服装进一只有轮子的箱子,然后拖着箱子,带着可可,坐上了去南方的大汽车。

可可还是第一次坐汽车,兴奋得大呼小叫,一会儿叫妈妈看这,一会儿让妈妈望那,车上的人都被可可逗乐了,直到后来发现大家都看着自己,可可才羞得一头钻进了妈妈的怀里。妈妈轻轻拍打着可可,说:"可可,等下了车见到爸爸,一定要大声叫爸爸啊! 爸爸给可可买了很多好吃的、好玩的……"可可不住地点头,可她嘴上答应着妈妈,人却已经玩累了,在妈妈的怀里一会儿就闭上了眼睛。

恍恍惚惚中不知过了多久,可可觉得自己被托了起来,睁眼一看,竟躺在一个陌生男人的怀里,她吓得"哇"一声就哭开了。

妈妈赶紧抱过可可,说:"可可别怕,这是爸爸,快叫爸爸啊!"

可是可可发现这个男人的说话声怎么和电话里爸爸的声音不一样? 她紧紧搂着妈妈,吓得直往妈妈怀里钻。妈妈见可可不肯叫爸爸,有点生气:"可可怎么这么不听话,妈妈不是在路上和可可说好要叫爸爸的吗?"

爸爸在旁边赶紧说:"别太为难可可了,孩子怕生。"

隔了一会儿,可可不哭了,爸爸就叫她:"可可,你看,这是什么?"

可可转过脸,只见爸爸朝她递过来一只漂亮的洋娃娃,那洋娃娃闪着一双蓝色的大眼睛,嘴巴一张一合,不停地叫着:"爸爸,妈妈,呵呵……"可可心里很喜欢这只洋娃娃,她看了爸爸一眼,迟疑地伸出手去。

可爸爸这时候却突然把手缩回去了,说:"可可,快叫我,叫'爸爸',这只洋娃娃就是可可的了。"

妈妈也在一旁帮着说:"多漂亮的洋娃娃啊,可可,快叫爸爸!"

可可瞅着洋娃娃,可是伸出去的手却慢慢收了回来,半晌,她猛地转回身,搂着妈妈又委屈地大哭起来,爸爸只好赶紧把手里的洋娃娃塞到可可手里。

晚上,在新屋子里,妈妈烧好饭菜,喊可可吃饭,可可却假装没听见,自顾自地缩在墙角玩洋娃娃。妈妈提高嗓门又喊:"可可,过来吃饭。"可可看了一眼坐在桌旁的爸爸,还是不过去。

妈妈生气了,吓唬可可说:"可可,再不过来吃饭,就把你丢在这里,妈妈一个人回老家去。"

可是,可可仍旧缩在墙角不动。妈妈气冲冲地要过去拉可可,却被爸爸拦住了,爸爸想了想,就端起饭碗一个人走到门外去吃。一看爸爸走了,可可立刻就从墙角跑了过来,趴到桌上狼吞虎咽地吃起来,原来她小肚子早饿了。

第二天,妈妈带可可去外面玩,可可人小脾气大,爸爸算是领教了,所以他不敢轻易去抱可可,只是远远地跟在她们母女身后。

外面的世界真精彩啊,可可睁大了眼睛,跳跳蹦蹦地一路上不停地东瞧西望着。突然,她清脆地叫了一声"爸爸",撒开腿就朝路边一家食品店跑去。妈妈惊讶不已,赶紧跟上去,一看,只见可可登上两级台阶,冲着那里柜台上的公用电话惊喜地连连喊"爸爸"。

妈妈这才恍然大悟,两行泪水立刻夺眶而出:原来可可不是不要爸爸,她心里装着的,一直就是电话里的那个爸爸啊!看着可可喊"爸爸"的急切样子,妈妈忽然有了主意。她瞅了一眼电话机上的号码,转身用手冲着后面的爸爸比划了一阵。爸爸心领神会,立刻掏出手机,躲到一边去了。

不一会儿,这里柜台上的公用电话铃声突然"丁零零"响了起来,可可显得很兴奋,回头望望妈妈。妈妈于是就对可可说:"爸爸给可可打电话了,可可快接电话呀!"妈妈说着拿起听筒,把它递给可可。

"可可,我是爸爸……"电话里果然传来可可已经非常熟悉的爸爸的声音,可可紧紧地把听筒贴在耳边,神情专注地听着。于是一连几天,妈妈都把可可带到这里来接爸爸的电话。

这天早上,可可醒来时,太阳已经升得老高了,可可猛然发现床头柜上放着一部崭新的电话机,"爸爸!爸爸!"她兴奋地叫起来,正要伸手去摸,"丁零零"电话铃声突然响了,不等妈妈过来,可可自己立刻就拿起了听筒。

果然,里面传出了爸爸的声音:"可可,太阳都晒屁股了,该起床……"

可可惊讶极了:"爸爸,你怎么知道我还没起床啊?爸爸,你快点回来吧,你为什么到现在还不回家啊?"

爸爸在电话那头对可可说:"前几天爸爸已经回家了,但可可不要爸爸,可可不肯叫爸爸,可可还不愿和爸爸在一张桌子上吃饭。"

"不对不对,"可可委屈地告诉爸爸,"那个人不是爸爸。"

爸爸一听笑了:"那……可可觉得爸爸该长什么模样啊?"

"嗯……"可可说不上来了。

爸爸于是就在电话里说:"可可,妈妈那里有爸爸的照片,可可去看了照片,就知道爸爸长什么模样了。好吗?"

"嗯,好!"可可答应着,放下电话立刻从床上跳起来,去向妈妈要爸爸的照片。

妈妈很快就拿出一张照片来,可可仔仔细细地看,这照片是冬天拍的,爸爸穿着红色的羽绒服,笑吟吟地眯着双眼,露出一口白亮的牙齿。原来爸爸是这个样子的啊!可可于是又跑回床头柜去,伸出双手捧起那部崭新的电话机,她多么希望这时候爸爸再给她打电话来啊!

嘿,说曹操曹操到,电话铃果真就响了起来。可可拿起话筒就喊:"爸爸,是你吗?"

爸爸笑呵呵地应着:"可可,是爸爸呀! 这回可可知道爸爸长什么模样了吧? 可可想见爸爸吗?"

"想。"可可大声地回答。

"那好,"爸爸在电话里教可可,"可可,你听着! 现在你放下电话,从 1 数到 10,然后转过身,爸爸就会站在你的面前。"

"1、2、3……"可可真的放下电话数了起来,数到"10"的时候,她转过身一看,有一个人,真的就站在她面前,穿着红色的羽绒服,笑吟吟地眯着双眼,露出一口白亮的牙齿,与照片上的一模一样。可可瞪大了眼睛,有些不大相信,傻呆呆地看着,却怎么也没叫出声来。

爸爸的呼吸急促起来:"我是爸爸呀,可可。"爸爸憋不住就想要过来抱可可。

可是可可却突然大哭起来:"你不是爸爸,爸爸不是你!"她丢下照片,转身就朝正走过来的妈妈身上扑去。

爸爸的神情黯淡下来,站在那里如泥塑木雕一般。妈妈一边把可可朝屋外院子里抱,一边安慰爸爸说:"这些年你不在家,孩子只认识电话里的爸爸,再等一段时间吧,她很快就会认你的。"

爸爸的眼圈红了,摇着头,低声说:"这不怨可可,是我自己只想着赚钱养家,这么长时间都没顾上回来看你们。你放心,慢慢来,用不了几天,可可就会叫我爸爸的。"

看着爸爸发红的眼圈,妈妈不住地点点头,泪流满面……

(陈　玲)

(题图:魏忠善)

想活精神点

　　肖遥是一家公司的总经理，家里的经济条件自然不在话下，可他老爸退休后不在家享福，却要去厂里当什么技术指导，这也算了，可最近肖遥听说他还和厂部食堂的一个女人打得火热，按月给人家送钱去。这下肖遥沉不住气了：老爸不仅出去打工，还要给自己找后妈，要是传出去，自己堂堂总经理的脸往哪搁呀？

　　这天，肖遥忍不住来到老爸厂里，此时正是午休时间，他悄悄跑到食堂门口，扒着门缝往里张望。只见一个四十来岁的女人正在抹眼泪，老爸拉着她的手说："你放心，我不会不管的。上次给你的三千块你先用着，下个月我儿子给我钱了，我再给你。"

　　老爸这话差点没把肖遥给气死，他立刻开车去老爸家，路上就打电话让老爸快回家，说是有急事找他，老爸接了电话，自然立刻赶了回来。

等老爸一进屋,肖遥不由分说就问:"爸,那个女人是咋回事?你真要娶她回来给我做后妈?她的底细你了解吗?"

老爸一听,立刻大发雷霆:"这是哪个混蛋造的谣?她是有丈夫的人,你这么说她,叫她一个女人家以后怎么做人?"

肖遥听老爸说那女的有老公,更着急了:"爸,你怎么糊涂了啊?你给她钱的事,外面早传得沸沸扬扬了。"

老爸扯着嗓子直吼:"你给我少听那些胡说八道,我每月给她钱是不假,那是我不愿意一个人做饭,让她帮我做饭的饭钱。"

肖遥本不想说出自己扒门缝偷看的事,可现在看老爸死不认账的样子,为了彻底说服老爸,只好说了出来。

老爸一听火了,"啪"一掌拍在桌子上:"你还跟踪上我了?我就是拉了她的手,我们也是清白的!那三千块是我给她丈夫治病的,她丈夫腿摔断了,没钱治,我不能见死不救。你要是我儿子,就别信人家鬼话;你要相信那些王八蛋说的话,以后就别到我这来。"

肖遥见老爸发这么大的火,觉得挺委屈,说:"爸,你有没有替我想过?你这么不管不顾地帮她,会影响我的形象!"

老爸眼睛直直地看着肖遥,愣住了,半天才说:"好,听你的,厂里我不去了。"

老爸说话算话,从此好长一段时间,他真的就待在家里养花弄草,肖遥的心这才放了下来。

这天,肖遥打电话给老爸,谁知刚接通,他的手机铃声也响了,他叫老爸稍等一会儿,电话别放。可等打完手机,又拿起话筒要跟老爸说话的时候,他却听见电话那头老爸在说:"小雪啊,别害羞,以后这就是你的家了。咱俩都不想寂寞,有人说说话就行了,你放心,我会好好待你的。你不是觉得自己不好看吗?我出钱,给你拉个双眼皮,再整整鼻子,嘻嘻……"

肖遥听了简直大吃一惊,他心里担心死了:老爸怎么这么没眼光啊?刚认识就让男方出钱做美容,这种女人准不是什么好东西。再说了,光听"小雪"这哆嗦的名字,估计那个女人年龄就不会太大,她愿意嫁给老爸,不图我们家钱图什么?老爸哪里玩得过这种女人?被人骗了钱不说,到头来要是受了伤害,怎么办?

但是因为怕电话里吵起来,肖遥硬是忍着没细问老爸到底是怎么回事,也没给老爸说穿。但是这天晚上,他一夜没睡好,第二天一早,他没去公司上班,直接赶去了老爸家。

快到家门口时,肖遥突然想到还是先给老爸打个电话比较好,让他有所准备,免得遇到什么尴尬事儿。

电话一通,肖遥先是听到一句:"别急啊,小雪,我说句话就回来啊!"然后才听老爸问:"谁呀?"

此刻,肖遥心里真是又生气又难受,不过他还是庆幸自己幸亏打了这个电话,没直接敲门,要不闯进去肯定冒失。

几分钟后,肖遥敲开了老爸家的门,见老爸一副气喘吁吁的样子,肖遥心里的火直往上冒:这个小雪,胆子也太大了,连我来了也不懂得收敛。哼,你骗得了老爸可骗不了我,这回非得好好收拾你一顿不可!

一生气,肖遥也就不管那么多了,进门就往屋里闯,见客厅里没人,就又去卧室、厨房、厕所,最后连床底下都看了,也没见半个人影。难道这个小雪跳窗跑了?一想到跳窗,肖遥不禁在心里惊呼:对呀,怎么忘了,老爸是住在底楼的呀!

老爸跟着肖遥从这屋转到那屋,问他在找什么,肖遥犹豫了一下,说:"没啥,看你把家收拾得怎么样,用不用请保姆。"老爸连说"不用",自己身体结结实实的,啥都能做。肖遥憋不住了,就问老爸刚才在干什么,怎么累得直喘?老爸"嘿嘿"一笑,说呆着没意思,在跟小雪逗着玩,跟着就唤了一声:"小雪,你怎么躲起来了?别害羞啊!快出来认识认识。"

肖遥一听:小雪没走?这女人也太不顾及了吧?就在这时候,他见老爸又唤了几声"小雪",然后挨屋找了一圈,最后在客厅沙发跟前俯下身子一伸手,竟然掏出一只京巴狗来。

"这就是小雪?"肖遥太意外了。

老爸说:"是啊!我捡它那天,天上下着小雪,它蹲在那里冻得直发抖。它是一只老狗,腿又受了伤,估计是被主人丢了的,我看它挺可怜,就把它抱回来了。嘿嘿,我给它起了个名字,叫小雪。"老爸美滋滋地看着怀里的小雪,对肖遥说,"你别看它是条狗,可有灵性了。"

他把小雪放到地上,说:"来,咱们做个游戏给哥哥看看。"

嘿,小雪真就四爪伸直了趴在地上,用嘴咬住老爸的裤脚,任老爸拖着它跑来跑去,一会儿就把老爸给拖得气喘吁吁了。

"爸,你说要做美容,就是给它做?"肖遥还是满腹狐疑。

"你怎么知道的?"老爸摸着小雪的耳朵说,"它是条公狗,可我总觉得它软绵绵的不像个男人,我想让它眼睛有点儿神,鼻子挺一点,那多威风啊!"老爸说到这里,停下来看了肖遥一眼。

儿子的表情似乎并不反感,老爸于是就接着说:"反正你给我的那些钱我也没处花,你看看,现在它是不是精神多了?美容院的人说它老了,一开始还不想给它做,可我说,再老也得活精神点吧?"

忽然,老爸像是明白了什么,盯着肖遥问:"听你刚才的意思,不会又怀疑我恋上什么女人了吧?"

面对老爸的目光,肖遥无言以对。

老爸神色黯然道:"你放心,我不会找什么女人让你难堪的。我想让小雪给我做伴,陪陪我,这总该不会影响到你的形象吧?"

被老爸这么问,肖遥鼻子一酸,眼泪"呼"地就涌上了眼窝……

(镓　鑫)

（题图:黄全昌）

挠痒痒

　　茜茜是个懂事的孩子,知道奶奶年纪大了,皮肤干燥,喜欢别人给她挠痒痒,所以,每当奶奶背上闹痒痒了,她就赶紧过来,把软乎乎的小手伸进奶奶衣服后背,轻轻地挠呀挠,把奶奶挠得可舒服了。

　　可是茜茜今年上高中了,按要求要去住校,周末才能回家,茜茜舍不得奶奶,所以临走那天专门给奶奶挠了好一阵痒痒。挠完了,奶奶拉着茜茜的手,半天不放,想说什么,又没开口,茜茜突然明白了奶奶的意思:是呀,自己这一走,谁来给奶奶挠痒痒呢? 她自然想到了妈妈,虽然妈妈很忙,但给奶奶挠痒痒的时间应该是有的,于是茜茜就去对妈妈说了。但让茜茜感到奇怪的是,妈妈虽然点了头,但神情似乎有些犹豫。

这是为什么呢？

住校的第一个星期很快就过去了，茜茜周末回到家里的第一件事就是去看奶奶。

奶奶一看茜茜回来可高兴了，拉着她的手，嘴里一个劲儿地叫着："茜儿呀茜儿，你总算回来了，奶奶天天都在想你呢！"那神情，就像好几个月没见着似的，把茜茜说得眼圈都红了。

茜茜伸手要给奶奶挠痒痒，奶奶却拦住说："茜儿，别挠，奶奶背上不痒。"

可茜茜不干："奶奶，你不是一直喜欢我给你挠痒痒的吗，就是不痒，我给你挠挠也舒服啊！"说着，她就把手伸进奶奶衣服背后。

谁知茜茜的手刚刚触到奶奶背上，就觉得不对劲了：怎么奶奶背上的皮肤疙疙瘩瘩的呢？她掀起衣服一看，呀，不得了，奶奶背上一条一条的满是伤痕，有的已经结了痂，有的却微微有些红，可能是伤口感染了。这是怎么回事？才一个星期，怎么妈妈竟把奶奶的后背挠成这样？茜茜于是二话不说就冲进厨房，一把拽住正在下厨的妈妈，拖到奶奶身边，让她看奶奶的后背。

妈妈顿时满脸惊恐："这……妈，这是咋弄的？"

"咋弄的？还不都是你做的好事儿，"茜茜眼睛红红的，瞪着妈妈，"你自己一直对我说要孝敬奶奶，要做孝敬长辈的孩子，可你……难道你自己就是这样孝敬奶奶的吗？"茜茜气呼呼地说着，竟伤心得"呜呜呜"地哭了起来。

妈妈见茜茜这个样子，一句话也没说，她默默地去拿来消炎药膏和棉签，要给奶奶擦拭伤口。站在旁边的茜茜一把夺过妈妈手里的药物，嘴里不依不饶地说："哼，早知道这样，当初真不该把奶奶交给你。"

奶奶见茜茜一个劲儿地埋怨妈妈，心里过意不去，拦住茜茜说："茜儿，别怪你妈，这全都是我自己弄的。"

原来,茜茜住校那天,妈妈下班后就去街边摊上买了一把塑料挠子,奶奶见有了挠子,认为自己也可以做,就没用妈妈帮忙,妈妈也就没再坚持。可没想奶奶对这种塑料挠子过敏,挠过之后背上竟出现了一串串红疙瘩,而且还越挠越痒,挠啊挠的就把皮肤给挠破了。奶奶看不到自己后背,又不想给茜茜妈妈添麻烦,所以就一直忍着没声张。

奶奶原是想说出实情后,让茜茜别再怪罪妈妈,可茜茜听了不但没消气,反而对妈妈意见更大了。她不理解的是:挠痒痒也不是什么技术活,凭什么妈妈还要去买挠子? 她想把这事儿告诉爸爸,既然妈妈不愿动手,爸爸应该责无旁贷吧? 不过这个念头刚冒出来,她又立刻否定了。为啥? 爸爸天天早出晚归忙得不得了,别说给奶奶挠痒痒,茜茜就是以前不住校的时候,每天和他打个照面都难,他哪有时间啊。

这事怎么着才好呢? 茜茜一时还真没了主意。

这个周末,茜茜一直陪着奶奶,为了逗奶奶开心,她还编故事给奶奶听,把奶奶逗得咯咯直笑,茜茜真想天天这样陪着奶奶。咦,对了呀! 自己每天下午下了课到吃晚饭这段时间里,不是还有空闲吗? 要不以后就利用这个机会赶回来给奶奶挠痒痒?

可是茜茜的这个计划刚刚实行了一天,就被妈妈制止了。妈妈几乎是用乞求的口气向茜茜保证:"茜茜呀,你就一心一意读你的书吧,不要天天跑来跑去,耽误了学习可是大事啊! 给奶奶挠痒痒的事就包在妈身上,你放心,妈决不会让奶奶再遭罪受了。"

妈妈把话说到这份上,茜茜就不再坚持了,她半嗔半怪地对妈妈说:"妈,你要是以后再不好好给奶奶挠痒痒,可别怪我罢课闹革命啊!"

转眼又到了周末,茜茜当然忘不了给奶奶挠痒痒的事,她就像老师检查学生作业一样，一回到家里，便掀起奶奶后背的衣服看了个遍，见奶奶背上的伤全好了，这才放心。她挨着奶奶坐下来，一边嘘寒问暖，一边自己又给奶奶挠开了痒痒。奶奶高兴得直夸她："茜儿呀，人常说真的假不了，假的真不了，这不，你挠痒痒就是和别人不一样，不轻不重，仔仔细细，就好像手指头上长了眼睛，哪里痒就往哪里挠，真让奶奶舒服哇！"

俗话说：说者无心，听者有意。茜茜一听奶奶这么说，就觉得老人家话里有话，立刻问道："奶奶，你这么说可把妈妈见外了，妈妈是你的亲媳妇呀，咋是假的呢？"

奶奶笑了："你这个傻丫头，误会啦，我怎么会说你妈呢？我说的是你妈请来给我挠痒痒的人。"

"我妈让别人来给你挠痒痒？"茜茜惊讶极了。

奶奶说："你妈请了一个钟点工，每天来给我挠一次痒痒，她虽然是用手挠的，可不着点儿，跟你比那是差远啦。"不过说到这里，奶奶又宽厚地笑了，"咋说呢，人家也不容易，农村来的孩子，比你大不了几岁，听说还兼着做好几家钟点活呢。"

茜茜问奶奶："那她人呢？"

奶奶告诉茜茜："你妈说你今天回家，就没叫她再来。"说到这里，奶奶突然像想起了什么，拍拍脑门叫起来，"哎呀呀，你瞧我这记性，你妈要我不跟你说这些，没想你回来奶奶一开心，就没留神全给说出来了。嗨，你可千万别跟你妈提这些，免得她说我不守信用。"

茜茜眉头不由皱起了大疙瘩：真没想到妈妈会是这个样子，当面说得好好的，背后却又变卦。妈妈为什么要这样做呢？她真想弄个明白。

返校之前，茜茜忍不住给妈妈摊了牌，说："妈，你到底是咋的啦？为什么还要请人给奶奶挠痒痒呢？你自己真就那么忙吗？"

妈妈听茜茜这么问,知道事情终究瞒不住了,竟像个做错了事的孩子,脸涨得通红,嗫嚅着说:"唉,妈妈以前从来没有给人挠过痒痒,怕挠不好,反而弄得奶奶不自在,所以这几天就请别人顶替了一下。从下个星期开始,妈就自己给奶奶挠痒痒。"

"下个星期?既然以前不会,下个星期你怎么就会了?"茜茜揶揄地朝妈妈撇撇嘴,"妈,我真不明白,挠痒痒又不是多么复杂的事儿,还用得着去学吗?你就别绕圈子了,干脆给我句实话吧,以后你到底是给奶奶挠还是不挠?"

"挠挠挠,从明天开始,每天妈至少给奶奶挠一次。"妈妈还生怕茜茜信不过她,把手一伸,说,"你看,我把指甲都修剪过了,还专门在你爸身上练过好几回呢!"

茜茜见妈妈说得神乎其神的样子,心里暗自好笑:本来是举手之劳的事儿,怎么到妈这里竟就像登台演出似的还练上了呢?

回到学校后的第二天傍晚,茜茜发现自己的学习提纲落在家里了,没办法,只好再回一趟家。走到家门口,她掏出钥匙打开房门,发现家里静悄悄的,以往这个时候妈妈应该是忙着准备晚饭了,怎么今天没一点儿动静呢?茜茜正疑惑着,突然听见奶奶房间里传来一阵细细的鼾声,循声走过去一看,奶奶侧卧在床上正睡得香呢,但不可思议的是,妈妈却背靠着座椅斜躺在地上,脸色发青,双目紧闭,好像昏过去了的样子。

茜茜吓得连忙跑过去,拉起妈妈的手一试,呀,冰凉!她慌得立刻大叫起来:"妈,妈,你怎么啦?"

茜茜的喊声把奶奶惊醒了,奶奶一看也吓呆了,愣了一阵,才想起叫救护车。过了一会儿,救护车来了,随后,爸爸也闻讯赶到了。经过医生就地急救,妈妈终于醒了,在大家的再三询问下,才说出她昏倒的原因。

原来,妈妈小时候曾闯过一次大祸。那是邻居家一位大爷请她挠痒痒,妈妈不小心把大爷背上一块血痂挠破了,后来没过多久大爷就病倒了,医生确诊大爷的病是因挠痒痒而引发,因为大爷本来患有创伤性皮肤癌,癌细胞潜伏在大爷体内,爆发期间只要遇到一点点外伤就会急剧恶化。不久大爷便去世了,虽然这不是妈妈的过错,但这件事就像噩梦一样留在妈妈心中,从此她就有了心理障碍,再也不敢给人挠痒痒了。

半个月前,茜茜叫妈妈给奶奶挠痒痒,她当时想把实情告诉茜茜,可话到嘴边又咽了回去,在这节骨眼儿上说自己害怕挠痒痒,茜茜怎么会信?这就是后来她要去买挠子、请钟点工来给奶奶挠痒痒的真实原因。刚才,她是咬紧牙关,强忍着心慌,第一次给奶奶挠痒痒,可因为过度紧张,终于晕了过去……

茜茜得知这些,不由泪流满面,她心疼地紧紧搂着妈妈,说:"妈,真对不起,女儿错怪你了。"

奶奶也连连抱怨自己,不该这么爱挠痒痒,差点害了媳妇的性命。

只有爸爸一言不发,他默默地走到奶奶身边,把手伸进奶奶衣服后背,轻轻挠了起来,众人看到他这么个大个子,却是一副乖孩子模样,忍不住笑了起来……

(魏柏林)

(题图:安玉民)

抱起爸爸

耿松是 120 急救中心的医生,这天他正在值班,中午十一点左右,忽然接到急救中心的指令,说明珠路上"东方家园"小区里,有人突发急病,要耿松火速赶去。

耿松知道,东方家园是一个新开发的住宅小区,面积很大,刚才打电话的人大概是急慌了,竟然没说清楚病人住几号楼。这让耿松怎么找?真是要命!

可没想救护车刚开进小区大门,老远就有人过来为司机引路了,车到楼前还没停稳,耿松就跳下了车。他一看,那病人就躺在楼门前,正昏迷着,是个三十多岁的男子,耿松经过初步诊断,发现他是心脏病突发,于是立刻实施就地急救,随后才让把病人抬上车。

耿松问围着的人:"谁是家属?"

人们的目光一下子都投向了站在边上的一个小男孩,他看上去才五六岁,满脸泪痕,还不停地抽泣着。

耿松皱了一下眉头:"他家大人呢?"

围着的人七嘴八舌地告诉耿松,这小男孩是病人的儿子,他妈妈跟爸爸离婚后就跟着一个老板走了,家里平时就这父子俩过日子;他们家住五楼,刚才是小男孩把他爸爸抱下来的,邻居发现后才赶紧帮忙打120。

一个五六岁的孩子,身高一米才出头,瘦得像根棍子,怎么抱得动比他大、比他重几倍的爸爸?耿松吃了一惊,以为自己听错了:"是他把他爸爸抱下来的?怎么可能!"

一个老头抓住耿松的胳膊激动地说:"你别不信,我是亲眼看到这小孩抱着他爸爸下来的。开始我还没注意,等看到了想上去帮忙,他已经走到下面了。"

耿松听了依然惊讶万分,不由看了看那男孩。

那男孩抹了把眼泪,对耿松说:"真的是我把爸爸抱下来的,我抱得动我爸爸!"

因为急着要把病人送往医院抢救,耿松不再多问什么了,便带着小男孩一起上车。在车上,心存疑虑的耿松让小男孩讲讲他抱爸爸下楼的事,小男孩说:"我和爸爸在家里的时候,忽然看到爸爸摔倒在地上了,我叫不醒他……我知道爸爸一定是生病了,就抱爸爸下楼找医生看病。"

耿松奇怪极了:"你自己个子这么小,爸爸个子这么大,你怎么把爸爸抱起来呢?"

孩子沉默了,两眼茫然地望着耿松。

耿松心想:这孩子该不会是天生神力吧?又暗暗叹息:如果小男孩爸爸有什么意外,这孩子以后一个人该怎么办啊?

万幸的是,小男孩爸爸被送进医院不久就苏醒过来了。醒来后他很吃惊,不知道自己是怎么来的医院,他只记得跟儿子在家里的情形,突然就什么都不知道了。

耿松于是便对小男孩爸爸说了他被送来医院的经过,感慨道:"依你的病情,如果再耽误五分钟,情况就十分危险了。你知道吗,居然是你这么小的儿子,把你从五楼抱下来的!"

小男孩爸爸爱怜地看看身边的儿子,一脸疑惑地摇头,说:"不可能啊,他怎么抱得动我?"

小男孩立即反驳:"爸爸,我抱得动你——你忘了?前天,前天我还抱过你呢!"

"那是做游戏呀!"

小男孩爸爸给耿松解释说:"那天我和孩子做游戏,我鼓励他,说他是个了不起的男子汉,很有力气,能抱得动我。可其实他哪里抱得起我?只是我把手和脚都撑在地上,他没发现罢了。"

耿松一听小男孩爸爸这话,一看他的手和脚,果然上面满是一层灰土,还有道道血印。看着眼前的情景,耿松的心被震撼了,他忽然想起,大学里曾听教授讲过:有时候人体在特殊情况下呈现出来的某种复杂性,甚至连最先进的科学仪器也没法测定和解释;往往在某种强烈刺激下,人的潜能会被充分激发。看来小男孩爸爸就是这样,当他儿子抱他的时候,他感觉到了,虽然处于昏迷状态,但潜意识里他把它当作了是在和儿子做游戏,于是就很自然地用手和脚撑地,以此来鼓励儿子,而同时也恰恰救了他自己……

（一　冰）

（题图:魏忠善）

珍珠项链

厂工会组织劳模去广州旅游,小杨也在其中。

出发前,小杨的妻子方芳把四千块钱塞进小杨口袋,说:"给,路上花。"

小杨连连摆手:"不用,留着给咱儿子买电脑吧。"

方芳说:"给你你就拿着,电脑的钱回头再想办法。你难得出去一趟,想买什么就买点儿,别心疼钱。"

方芳真是体贴,小杨听了都像吃了蜜一样甜到心里。

车子正要起动时,有人过来跟方芳打趣:"小方啊,小杨这次出去,你可得让他给你多买点礼物啊,金项链、金镯子、金耳环什么的。"这人扭头又对小杨开玩笑:"你说这回是给小方买呢,还是给你那个小情人买呀?"说完,他自己先就忍不住大笑起来。

　　一晃半个月过去,劳模们从广州旅游回来了,工会主席一个个亲自把他们送到家。

　　方芳那天正好歇班在家,见工会主席送小杨回来,连忙给他端茶让座。工会主席笑呵呵地对方芳说:"小方啊,你们家小杨对你真不错啊,这回花三千多块给你买回一条珍珠项链,哎呀呀,看得我真是眼红啊!"

　　工会主席其实是在跟方芳开玩笑,可方芳却把它当了真,听了之后心里真是又开心又心疼,她脸上笑成了一朵花,可又使劲儿瞪了小杨一眼,那意思自然是责怪他花钱太多。小杨望望工会主席,本想给方芳解释,但又不好意思拂了工会主席的兴致,所以只是张了张嘴,最后什么也没说。

　　工会主席前脚走,小杨后脚就从贴身小包里掏出一根亮晶晶的项链递给方芳,歪着头问她:"喜欢吗?"

　　此刻方芳就像当初和小杨恋爱时收到他送的第一束玫瑰似的,羞涩地说:"喜欢。"又抬起头心疼地补了一句,"就是太贵了,花那么多钱。"

　　小杨很想把实情告诉方芳,这根珍珠项链其实是仿真的,才花了四十块钱,可看方芳这么高兴,又不忍心破坏她的好心情,于是就说:"贵点算什么,只要你高兴就好。来,我给你戴上。"说着,就伸过手来。

　　方芳柔情万千地把手中的项链递给小杨,小杨可能是心里还在想着到底要不要把实情告诉方芳,紧张的缘故吧,他没把项链接着,只听"啪"一声链子竟掉到了地上。方芳赶紧弯腰去捡,谁知链子是捡起来了,可两头接口的挂钩却怎么也找不到。方芳心疼得眼泪都掉了下来,叹口气对小杨说:"算了,找不到,那就再去配一个吧。"

　　没过几天,小杨突然发现那根亮晶晶的项链竟挂在了方芳的脖子上,不免有些激动:"挂钩找到了?"

方芳神采飞扬地说:"哪里找到的呀,我去配了一个。怎么样,人家都说你眼光好,会挑款式,你看,我戴上它好像年轻十几岁了呢!"

小杨一听小芳说重新配了一个,不由一惊:"你花了多少钱?"

方芳说:"白金的,一克一百八十五块,一个挂钩五克,一共是九百二十五块。"

这下轮到小杨心疼了:那项链才四十块,配个挂钩倒要近千块,这不是本末倒置了吗?可他哪还有胆量跟方芳直说?只好在心里安慰自己:就让这美丽的谎言继续下去吧,权且是花钱给她买个开心。而方芳呢,觉得这是丈夫给自己买的贵重礼物,戴上它就显示着丈夫对自己的一片深情,因此不论白天还是晚上她都舍不得摘下来。而这根项链的仿真程度也确实高,一般人光凭肉眼,真的很难分辨真假。

不过这一来,麻烦就跟着来了。

几天后的一个晚上,晚饭过后方芳去超市买点东西,回来的路上就被歹徒盯上了。歹徒看到方芳脖子上的项链亮晶晶的,就动了邪念,一直悄悄跟在她后面,等走到僻静地方时猛地冲上来,一把抓住项链就拽。方芳视这条项链如命,怎肯让人轻易抢走?她一边拼命拉住项链,一边就大喊:"救命啊,歹徒抢劫啦!"

歹徒被方芳这一叫害怕了,用力一拽,没想项链竟被拽断了,他抓住链身就跑。方芳一看,自己手里就剩下个项链挂钩了,急得赶紧就向警方报案。

回到家里,方芳把遭劫的事儿给小杨一说,小杨只关心方芳:"你人没伤着吧?人没事就好。"

方芳伤心得直哭:"可项链……项链没了。"她伸手给小杨看留在掌心里的挂钩,"就只剩下这个了。"

谁知小杨竟冲口大叫:"好好好!好好好!"

方芳见这么贵重的项链没了,小杨不但不心疼,反而说"好好好",她说不清自己是感动还是心疼,总而言之就只知道哭,而且越哭越伤心。

小杨劝劝不停,哄不管用,最后见方芳眼睛都哭肿了,这下他心疼了,终于来了个实话实说:"我的好老婆,你不要哭了,其实……其实那项链是仿真的,只值四十块钱。"

方芳一听,眼睛瞪得铜铃般大,盯着小杨问:"你说啥?"

小杨像做错了事的孩子,低着头,嘴里嘟嘟哝哝地说:"那项链是仿真的,只值四十块。"

方芳一听:"你说的是真的? 真的只值这点儿钱?"见小杨一个劲地点头,她的泪水立刻没了,正要笑呢,不料突然就板下脸来,瞪着眼睛问:"那你老实交待,你把那三千多块钱弄哪儿去了? 是不是在外面做什么坏事了?"

小杨被方芳这么问吓慌了:"我哪敢,我哪敢呀!"

方芳不饶他:"那你说,钱弄哪儿去了?"

小杨见满不过去了,只得来了个"竹筒倒豆子":"我想给咱儿子买电脑,就把那钱藏起来了,想等攒够了再告诉你。"

原来如此! 方芳心里的石头顿时落了地。她问小杨:"那现在还差多少?"

小杨说:"六百块,我想等凑够了,到时候买回来给你们一个惊喜……"

他话还没说完,方芳一个转身就去了里屋。不一会儿,她手里拿了只袜子走出来,从袜子里倒出六百块钱递给小杨,说:"拿去,这是我上次给你买西装时留下的,你那件西装说是八百块,那是原价,我买的时候已经打了折,只要二百块了。"

小杨一听乐了:"我的好老婆哎,原来你也有私房钱呀!"

(张国永)

(题图:黄全昌)

风 雨 情 恨

　　夫妻一场,有时同甘,也必要共苦。最后到底是相聚还是离开,还得看彼此间有没有那最关键的信任和默契。

血的忠告

　　这天晚上十点左右，河西一户人家的窗户里还透着灯光，灯下坐着一位紧皱双眉的年轻妇女，她叫林秀兰。一年前，秀兰与喜来结了婚，小两口恩恩爱爱，日子过得甜甜蜜蜜，可谁知近来喜来染上了赌博恶习，家里的责任田也无心种，秀兰多次规劝，他都当耳边风。这不，今天一早出去，到现在也没回来，秀兰心里急呀，只有勤劳致富，哪有靠赌博发财的？若是听凭喜来这样瞎混下去，岂不把刚建起来的小家庭给彻底毁了？想到这里，秀兰再也坐不住了，穿了大衣，戴上围巾，准备去河对面村里把喜来这匹脱缰的野马拉回来。

　　秀兰刚拉开门，却见喜来领着村里的赌鬼幺老三回来了。喜来对秀兰说："快去烧几只菜，我要和幺老哥喝两盅。"秀兰心里一百个不乐意,但当着幺老三的面不好说,只好"嗯"一声去了厨房。喜来也不介意秀兰的脸色,等秀兰从厨房里把菜端上桌后,就与幺老三你一杯、我一杯地喝了起来。

幺老三的酒量不咋的,才喝了一会儿,舌根就有点硬了。喜来瞅了他一眼,说:"幺老哥,借点儿钱给我,怎么样?"

幺老三酒是喝多了,但脑子没有糊涂,他从衣兜里掏出一沓百元大钞,在喜来面前晃了晃,说:"钱我有的是,可咋借你? 俗话说:有借有还,再借不难。你前几天借我的二千元还没还呢,等还了咱再说这事儿。"说完,他把手里的酒杯朝桌上一放,起身就往外走。

喜来瞧着幺老三跌跌撞撞的背影,脑子"骨碌碌"一转,赶紧上去扶着他的胳膊说:"幺老哥,你醉了,我送你回去。"

过了一会儿,喜来带着一身寒气回进屋来,秀兰见他裤管里挂满了冰凌,疑惑地问:"你咋弄的,身上哪来这么多水?"

喜来粗声粗气地说:"都是幺老三这个死鬼,喝多了酒,差点掉进冰窟窿里,要不是我拉着,他早没命了。"说着,把外裤脱下来,让秀兰帮他在火炉边烤烤。

秀兰接过外裤,一边烤一边劝喜来说:"喜来,别再去赌钱了好吗? 你欠的赌债我们一起还,你只要下决心改,咱俩还是好夫妻。"

喜来一听,凑到秀兰耳边说:"如果我保证从今往后不再去赌钱,你能答应我一件事吗?"

喜来能从歪道上回头,这是秀兰最高兴的,她当然点头:"只要你真心改,不要说一件,就是一百件事,我也答应你。说吧,什么事儿?"

喜来悄声说:"你对任何人都不能说幺老三刚才来过我们家。"

秀兰是个聪明人,听喜来这么说,心里立刻"咯噔"一下:"你把幺老三怎么啦？"

喜来说："就是这个混蛋引我进的赌场，把我的钱都骗光了，我恨透了他，所以刚才我说是借钱，实际上是向他要回我本来的那些钱。谁叫他不答应？我一气之下就把他推进咱家挑水的那个冰窟窿里了。"

喜来此言如同晴天霹雳，秀兰惊呆了："你怎么能做这种伤天害理的事？莫不是你在找茬子吓唬我？"

喜来摇摇头，说："人命关天的事，我怎好瞎说？我知道，这事儿瞒得过别人瞒不过你。"

秀兰见喜来真犯下了事儿，急得眼泪都掉下来了："喜来，你真是昏头了，让公安局查出来，你还不是死路一条？"

喜来说："我是半路上把幺老三拉来的，没人看见。再说，幺老三本来就是个东游西荡的人，十天半月不回家是常事，让他泡在冰层下面，等明春开了冰顺水一冲，不知会把他冲到什么地方去，谁会怀疑到我们头上？"

喜来说得轻巧，可大冬天的秀兰却急出了一身汗，她觉得这杀人的事就像纸包不住火一样，终有一天要真相大白的，喜来要想不偿命，现在就得赶紧去把幺老三救出来，然后让喜来去公安局投案自首。但是秀兰深知喜来的脾气，要把这意思对他直说，那是瞎子点灯白费蜡。

到底该怎么办呢？秀兰想了想，对喜来说："喜来，你我夫妻一场，出了这么大的事，我不帮你谁帮你？你放心睡吧，我不说就是了。"

喜来一听信以为真，说实话他在赌场上早玩累了，所以上床后很快就呼呼大睡了过去。趁这个时机，秀兰赶紧朝屋外奔，跑到冰窟窿跟前一瞧，竟吓得两腿直打哆嗦。原来，幺老三刚才被喜来推进冰窟窿后被冷水一激，酒醒了，拼命爬上来后，终因力气耗尽，此刻正昏倒在窟窿边。

秀兰用手一试,幺老三还没断气,她心里不由松了口气。此时,天寒地冻的,秀兰见幺老三身上衣服全被冻住了,撕撕不开,拖拖不动,就赶紧回家拿刀来,把他身上的衣裤划开,咬牙把他背回自家磨房。她把破麻袋铺在地上,让幺老三躺在麻袋上,又轻手轻脚回屋里去拿来棉被,盖在幺老三身上,然后就去抱柴禾,准备生炉子给磨房加温。

此刻,秀兰心里只有一个念头:只要幺老三不死,喜来就能逃脱死罪。

可谁知就在这个时候,磨房的门突然"砰"一声被推开了,秀兰回头一看,喜来手里拿着一把菜刀,凶神恶煞般的闯了进来。喜来是被秀兰刚才回屋拿被子时的动静惊醒的,他见秀兰抱了两床被子往外走,顿时起了疑心,于是就起身跟了出来,当从门缝中看到秀兰替一个光身男人盖被子时,他怒气冲冲地回身从厨房里拿了菜刀就闯来了。

喜来像头发怒的狮子,"啪"冲上来打了秀兰一记耳光,掀开棉被举刀就要朝躺在麻袋上的光身男子身上砍,但手举到半空僵住了:这不是被自己推进冰窟窿的幺老三吗?

秀兰顾不得脸上火辣辣地痛,拉住喜来说:"喜来,你不能一错再错,他是我救回来的,我们好好照料他,他很快就会醒过来的。"

喜来疑惑地看看秀兰,说:"你平时不是恨死赌博的吗,今天为啥要救他?"

秀兰说:"喜来,你错了,我不光是救他,更重要的是救你。"

"救我?"喜来不解。

秀兰解释说:"你想想,他如果死了,你就要去吃枪子儿。你是我丈夫,我怎么能见死不救呢?"

可此时喜来却是恶魔附身,哪听得进秀兰这番规劝?他一把推开秀兰,把菜刀往腰后一插,弯下腰去,要把昏迷不醒的幺老三再重新扔进冰窟窿里。

秀兰终于明白了,现在跟喜来说多少道理也没用,情急之中,她从喜来腰后"刷"地抽出菜刀,高高举过头顶,喝道:"赵喜来,你还有点人性吗? 你现在不把他放下来,我就跟你拼了!"

但喜来已经失去了理智,他一个下蹲猛地扫了秀兰一腿,趁秀兰跌倒在地的当儿,夺过她手里的菜刀,恶狠狠地说:"臭婆娘,你别把我当猴耍,你救幺老三是假,想把我送进大牢是真。既然你不念夫妻之情,那就别怪我不客气!"说着,举刀就朝秀兰身上砍来。

秀兰撕心裂肺一声惨叫,便什么也不知道了……

喜来这才作罢,退出磨房,把门锁了,想想还不放心,又找来两根木头把门钉死,然后带着从幺老三身上搜出的二万多块钱,连夜逃离了这个家。

不知过了多久,被关在磨房里的秀兰慢慢苏醒过来了,她只觉得眼前金星直冒,头像要裂开来一样痛,她知道自己很难活着出去,此刻不要说磨房的门窗已被封死,就是开着,她也没这个力气爬出去了。救夫不成,反遭其害,秀兰恨死了喜来,更恨死了那些赌鬼,是赌博害惨了她这个家啊!

秀兰挣扎着,用手指蘸着伤口流出来的血,在磨房地上重重写下了四个字:我恨赌鬼!

（查晓民）

（题图:魏忠善）

抢手的驴子

　　有个农夫,姓刘名根,平时寡言少语,为人憨厚老实,可他老婆杨玉翠却挺能唠叨,往往为了一点小事说个没完,经常把刘根闹得头昏脑胀。有一次,刘根在屋里放了个屁,杨玉翠就唠叨上了:"你这人,放屁也不拣个地方,你没看见我正在吃桃吗?人家都说臭屁不响、响屁不臭,你放的也不知是什么狗屁,怎么会又响又臭呢?"就为这个屁,她整整唠叨了一天。

　　刘根嘴上不敢犯犟,心里可烦透了:我放个屁你就唠叨个没完?他一肚子气没处出,突然就想到平时老婆虽然成天唠叨,却最怕听到驴叫,只要驴一叫,就吓得往桌底下钻。刘根顿时来了心思,他在心里对老婆说:"嘿嘿,这回你就等着瞧我的厉害吧!"

　　第二天,刘根不声不响地到集市上去买了一头嗓门特大的黑驴回来。他刚进家门，那黑驴就叫开了，老婆一听见驴叫，立刻两腿发软，还没来得及钻桌底下呢，就一屁股坐到了地上。刘根得意地瞧着老婆说："哼，以后再唠叨，我就让你听驴叫！"

刘根这办法真灵验，他老婆从此果真不敢再唠叨了。

可有句老古话说得好：江山易改，本性难移。刘根老婆几天不唠叨，心里憋不住啊，她恨死了这头黑驴，这天趁着刘根下地，就从门背后抄起木棍，悄悄走到驴屁股后面，想狠狠教训它一顿，让它从此不敢再叫。可不料她刚举起木棍，那黑驴突然野性大发，弹腿扬蹄往她胸口上就是一脚，她立刻口吐鲜血，应声倒地昏死过去。待刘根闻讯赶回家，老婆早已命断气绝。

这一来，刘根可是追悔莫及，办过丧事之后，就决定把驴卖了。可谁知卖驴的消息传出后，来买驴的人竟三五成群、络绎不绝，险些将他家的院门挤破。来者都表示愿出高价，把驴买到手。

刘根觉得很奇怪：这些人为什么争着要买他的驴呢？他怕人家不知道，于是特意把驴踢死老婆的事说了一遍。

可谁知他这一说，要买驴的人态度更坚决了，这个也说要，那个也说要，还有一个干脆一把扯住驴缰绳，大声嚷嚷："你说多少就多少，反正这头驴我要定了。"

看着这场景，刘根糊涂了："你们为啥都这么想要买这头驴？"

大家的回答简直让刘根目瞪口呆："我们老婆也特爱唠叨。"

刘根这才明白：原来，这些人是想把驴买回去踢死自己爱唠叨的老婆呀！他愣了一会，二话没说转身跑进屋去，拿出一把尖刀，当众就把黑驴给杀了。

刘根一边动手一边流泪，说："有老婆时嫌唠叨，没了老婆想唠叨，现在没人再唠叨了，想想还不如守着老婆听唠叨。"

（张九来）

（题图：李　加）

又见前妻

刘伟好酒贪杯,喝多了还会发酒疯,妻子春兰不知劝了多少回,可他就是不听,春兰实在没办法了,有一天就提出要和他离婚。其实春兰只是想借此吓唬吓唬他,可谁知他一时酒后逞强,居然在协议书上签了字。

春兰当时就愣住了,可事已至此,她没办法收场呀,只好哭着收拾东西,让儿子东东先跟刘伟住一段时间,说等自己安顿下来,就来把儿子接过去。

春兰走了,刘伟酒劲儿也过去了,等清醒过来,他后悔死了,可是已经晚啦,只好先一个人带着东东过日子。

一个星期后的一天早上,东东起床后突然对刘伟说:"爸爸,我昨天晚上梦见妈妈了,真的!妈妈说她再也不能照顾我了,叫我一定要学会自己照顾自己。"刘伟听了心里一酸:这孩子,准是想妈妈想疯了。此刻,他能对儿子说什么呢? 他什么也没说。

就在这天上午,刘伟的一个朋友打电话给刘伟,说:"兄弟,听说春兰的事情了吗?"

刘伟心里一紧,立刻想到东东早上说梦见妈妈的话,赶紧问他:"春兰出事了?"

朋友语气沉重地说:"听说她……她现在精神一直恍恍惚惚的,昨天上街时……上街时出了……出了……车祸……"

"春兰出车祸了?"刘伟听到这里,一屁股跌坐在了椅子上,电话听筒也掉在了地上。这个打击太突然了,刘伟简直不敢相信这是真的,他立刻给岳母打电话。

岳母在电话那头一听是刘伟的声音,立刻哭出了声:"你还有脸来问我? 她死了! 她说过的,希望你永远不要再来打扰她。"

刘伟听岳母这么说,再也忍不住了,蹲在地上号啕大哭起来。那一夜,他彻夜未眠,越想越觉得是自己害死了春兰。

第二天,刘伟准备去岳母家里看看,再怎么着,总得给老人一点安慰吧? 可谁知东东又拉着他说:"爸爸,昨天晚上我又看见妈妈了,妈妈还搂着我睡了一晚上呢!"

刘伟一听,一把把东东抱在怀里,泣不成声道:"我的儿子啊! 你妈妈……妈妈……"他再也说不下去了,心里像刀割般疼痛。他暗想:春兰啊春兰,你怎么只托梦给儿子,就不来见见我呢?

这天晚上,大约刚过十二点,刘伟躺在床上翻来覆去还没睡着,突然,睡在他身边的东东一翻身坐了起来,嘴里大叫:"爸爸,妈妈回来了!"

刘伟吓了一跳:明明春兰出车祸已经走了,怎么可能又回来? 他心疼地拍拍东东说:"睡吧,乖孩子,你又做梦了。"

"没有,爸爸,"东东在黑夜中睁着两只闪亮的眼睛,固执地对刘伟说,"是妈妈,妈妈真的回来了!爸爸你看,她在开柜子拿衣服,还回过头来对我笑呢!"

刘伟被儿子说得毛骨悚然,赶紧将信将疑地开灯,可屋子里什么也没有。

"爸爸,你开灯干什么呀?"东东埋怨刘伟,"你一开灯,妈妈就不见了。"

这一晚,房间里的灯亮了一夜,东东也发了一夜的烧,天一亮刘伟就急着带他上医院。医生仔细地为东东做检查,最后安慰刘伟说:"没事,孩子体质虚,想妈妈想得厉害,一时产生了幻觉。不过这种情况下,你最好马上带孩子去见他妈妈一面,这样会让病情缓解得快一些。"

被医生这么一说,刘伟就下决心要把真相告诉东东,并且带儿子去春兰的墓地祭奠。回家后,他不断打电话去岳母家,想询问春兰的墓地在什么地方,可每次只要一听到是刘伟的声音,岳母就什么话也不说,把电话挂断了。

这让刘伟怎么办呢?东东天天缠着刘伟要妈妈,而岳母又不接刘伟的电话,最后,刘伟只好把东东托给邻居照管,自己坐上长途车,硬着头皮去邻县敲开岳母家的门。

岳母也是犟脾气,无论刘伟怎样哀求检讨,岳母就是紧咬着牙关不说话,更不告诉刘伟春兰的墓地在哪儿,还拿着扫帚要赶刘伟走。可刘伟心里清楚:今天不打听个结果出来,他回去没法向儿子交待。于是刘伟干脆耍起了"赖皮",说要不告诉他,他就坐在这儿不走了。

整整一天,刘伟不吃也不喝,岳母看着他这个样子,最后流着老泪从牙缝里挤出一句话来:"你现在这么在乎她,早做什么去了?我苦命的春兰呀,她现在在我们乡下老家……"

刘伟不知道岳母为什么要把春兰送回他们乡下老家安葬,但他也顾不及再细问了,好在那地方刘伟认识,婚前春兰曾带他去那里祭拜过祖坟,离城里大约百把里路,刘伟立刻马不停蹄地直奔那儿。

果然,远远的,刘伟一眼就看到那片坟地里有一座新坟,很显眼地坐落在那里。走近了一看,刘伟发现新坟前光秃秃的,碑也没有一块,想到春兰走了,自己却连碑都不能给她做一个,眼泪禁不住滚滚而下,他一头跪倒在坟前,放声大哭起来。

回来后,刘伟大病了一场,他躺倒在床上,什么事情也不做,整天就想着怎么跟东东开口说这件事。原先,刘伟一直骗东东说妈妈到外地出差去了,如果现在知道了真相,真不知道会出什么事情。

这天,懂事的东东放学到家后就学着淘米煮饭,可是没一会儿,他突然跑到刘伟床前喊了起来:"爸爸,我又看见妈妈了。这回不是做梦了吧? 大白天,我不是做梦了吧?"

看着东东这个样子,刘伟脸上的泪水顿时夺眶而出,他从床上挣扎起身子,一把搂住了东东。可几乎就在同时,刘伟看到房门口真的站着春兰,真的是她。

刘伟惊呆了,使劲揉揉眼睛,结结巴巴地问:"春兰,你……你没死?"

"谁说我死了?"春兰幽怨地说,"要不是那天在坟地里听你说东东生病了,我才不会回来呢。"

刘伟越听越糊涂:"那天在坟地里? 你……你到底……"

春兰说:"我乡下的大伯去世了,正好车祸之后我的腿也需要养一阵子,我心情又不好,妈就让我回乡下老家休息一段时间,散散心,也可以陪大伯母说说话。那天妈打电话来说你要来乡下,我就……"

刘伟一听,顿时恍然大悟:怪不得那朋友告诉他春兰出车祸的消息时,说话吞吞吐吐的,而岳母说的也不过是气话罢了。如此大悲大喜,简直让刘伟激动得手足无措,他一把抱着自己的头哭道:"你回来了就好,回来了就好! 这回我真的改,我一定改。"

(原上草)

(题图:魏忠善)

世事难料

　　新婚不久的富商哈代怀疑美丽动人的妻子苔莱季娜另有新欢，因为他最近发觉苔莱季娜时常背着他外出，而且拒绝与他亲热。他于是高价聘请了一个叫杰克的私人侦探，让他去跟踪苔莱季娜，想找出这个第三者究竟是谁。

　　经过调查，哈代聘请的私人侦探杰克发现，苔莱季娜总是在哈代上班后满脸愁容地出门，可回来后却像换了个人似的，哼着歌，快乐极了。杰克断定哈代的怀疑没错，苔莱季娜确实是有了外遇，现在只差抓到证据去向哈代交差了。

　　半个月之后，这天，杰克得意洋洋地来公司找哈代，说："先生，我现在完全可以证明，您对您妻子的怀疑是正确的。"

　　"天！"哈代惊讶地叫起来，"难道她真的是另有所欢？"

"是的,先生,我为您感到难过。"杰克同情地朝哈代点点头。

哈代脸上的神情显得很痛苦:"这太让我失望了,我宁愿它仅仅是我的错觉。"哈代其实很爱苔莱季娜,他一把抓过杰克的衣领,说,"谁是那该死的第三者?你快告诉我。"

"先生,请别太激动。"杰克慢条斯理地拿出一张照片,对哈代说,"看,先生,这照片上是您的妻子,她笑得多迷人,这是我在教堂门口偷拍的。您再看这一张,"杰克说着又拿出一张照片来,"这位是新来的牧师,今年二十六岁,英俊潇洒,风流倜傥……"

"可是,"哈代看着这两张照片,疑惑地说,"这并不能证明我妻子对我不忠呀!"

可是哈代话音未落,杰克已经把两张照片合在了一起,意味深长道:"看,先生,他们相视而笑!要知道,只有情人的笑才会这么醉人,也只有情人之间的对视才会这么含情脉脉。您妻子在您上班之后,就偷偷溜到教堂去与这位新来的牧师相会,我看见牧师每次都单独把她带到一个小房间去'开导',从那里出来后,您妻子就满面春风,好不快活,可她在您面前,却总是哭丧着脸……"

"别说了!滚,你马上给我滚!"哈代不愿再听下去了,他甩给杰克一叠钱,把他赶了出去。

哈代不知道自己是如何回的家,当走进家门,苔莱季娜迎上来替他脱下外套时,他再也不像以往那样尽力讨她的开心,只是盯着她看了一会,随后就把自己关进书房喝闷酒。"我该怎么办?怎么办?"哈代就像一只受伤的狮子,在书房里转来转去。第二天,哈代没有去公司,他决定雇职业杀手去警告那个该死的牧师,以解自己心头之恨。

"听着,"哈代铁青着脸,咬牙切齿地命令雇来的职业杀手,"你给我盯住那个牧师,让子弹从他的耳朵上穿过去,警告警告他。"他说着,把苔莱季娜的照片递给杀手。

这天,完全被蒙在鼓里的苔莱季娜和往常一样,等哈代出门后就朝教堂走去,让她万万没有想到的是,哈代其实就跟在她后面。果然,哈代看到苔莱季娜走进教堂后,就被那个牧师带进了小房间,他赶紧跟过去,把耳朵贴在门上。

门缝里,传出他们两个人的说话声:"怎么啦? 你遇到什么不开心的事了?"这当然是牧师在关切地问苔莱季娜。只听苔莱季娜忧伤地向牧师哭诉:"我丈夫开始讨厌我,我感觉出来了。""你没有问他为什么吗?""没有。其实我知道他为什么生气。""那你们……"

正听到这里,哈代发现有人朝这边走来,就赶紧闪开。

来的是牧师的助手,把牧师叫走了,苔莱季娜于是就一个人坐在那里。哈代看到她低着头,背对着门,不知怎么突然灵机一动,悄悄走到一边椅子上,拿起一件牧师服往身上一套,走进了小房间。

哈代站在苔莱季娜身后,模仿着牧师,变声变调地说:"苔莱季娜,你想向上帝说些什么呢?"

苔莱季娜此刻似乎完全沉浸在她自己的世界里,她虔诚而痛苦地说:"我向上帝忏悔,我对不起我的丈夫。"

"为什么?"哈代一听妻子竟真的说出这样的话,感到自己的心都要跳出了胸膛。

苔莱季娜喃喃道:"我没有尽到做妻子的责任,我拒绝与丈夫亲热,我好愧疚。"

"难道……"哈代颤抖着声音问,"难道你从来没有爱过他?"

"哦,不!"苔莱季娜几乎要喊起来,"我很爱他,我只是太怕生孩子,我母亲就是因为生我弟弟而丢掉性命的。当初我看着母亲痛苦地死去,那情景我一辈子也忘不了……"

"哦,亲爱的小傻瓜,你怎么不早告诉我呢?"哈代激动得一把把苔莱季娜拥进怀里。

"天,怎么是你?"苔莱季娜转过头,看到哈代,大吃一惊。

哈代大笑道:"太好了!亲爱的,请原谅我的冒失。现在雨过天晴,真是太好了,让我们重新开始吧!"他深情地望着他的妻子。

这时候,门突然被踢开了,一个戴着墨镜的人面无表情地闯进来,迅速扫了他们一眼。哈代立刻意识到这个人就是他雇用的杀手,他如释重负地朝他摆摆手:"哈哈,老兄,事情搞清楚了,用不着你帮忙了!"

可是,这时候已经来不及了,只听"砰"一声,沉闷的枪声响了,子弹从他的耳朵上穿过,苔莱季娜尖叫一声,昏倒在了穿着牧师服的哈代身上……

(编写者:谭海珠;讲述者:吴文昶)

(题图:箭　中)

永远爱你

　　一大清早,西蒙就坐在餐桌前看报,穿着睡衣的妻子莎丽在厨房里忙前忙后地准备早餐。这些年来,西蒙夫妇度过的每个星期六,几乎都是这样开始的。

　　西蒙一边浏览着报纸,一边问莎丽:"亲爱的,你今天有什么打算?"

　　莎丽说:"我今天真想能和你一起做点什么。"

　　"今天不行,我有点累,"西蒙说,"我想待在家里看看电视。我说亲爱的,你干吗不去修理修理园子? 今天天气看来挺不错。"

　　莎丽一听西蒙这话,脸沉了下来,心里不由嘀咕开了:"难道他忘了今天是我们结婚十周年的纪念日了? 哼,我早料到他会忘的。十年来,我受够了他的自私,他从来没有想到过我,他心里除了自己还是自己。自从三年前被提为公司广告部经理后,他就几乎没有陪我出去过,这个星期就更不像话了,天天从早到晚地在外面,回家就喊累,什么也不干。"

可是西蒙却似乎没有注意到莎丽情绪上的变化,眼睛盯着报纸,继续说:"早些时候你不是对园艺很着迷吗?你不如在咱们房子后面那座假山旁开辟一块玫瑰园。对了,铲子就在车库里,你自己去拿。"

莎丽问他:"那你会来帮我的忙吗?"

西蒙回答得非常干脆:"我不去,我说过我有点累。你去之前,只要给我准备一罐啤酒和几片三明治就行了。"

"什么?"莎丽气坏了,"你叫我去园子里干活,你自己倒坐在这里喝啤酒、吃三明治?"

可西蒙仍然没有觉察到莎丽这时候已经非常生气了,他两只眼睛还是只盯着报纸,头也不抬地继续说:"我想,你确实应该出去动动,做点什么。对了,你干吗不骑上你的自行车出去转转?去年我给你买的那辆车,你总共才骑了两次,到现在还搁在车库里,你怎么……"

西蒙啰啰唆唆地说个没完,莎丽显得非常不耐烦,可她不想和西蒙吵架,她最近一直在看心理医生,心理医生劝过她,不要动不动就发火,所以此刻她极力控制着自己的情绪,紧捏着手里那把刀,切着手下的面包。

可问题是,西蒙还在那里继续不停地唠叨:"如果你天天坚持骑自行车练身,你这越来越肥的身段肯定就会变苗条。是呀,我看你是得抓紧练身了,再不练练,早晚就得变成个'柏油桶'。"

柏油桶?对爱美的女人来说,这个比喻实在太难听了,莎丽一肚子的火气直往头上涌,随着手中这把刀在来来回回地切着面包,她的心急速地跳动起来——不知怎么,她现在就想把刀架到西蒙的脖子上去。

"刚才起床那回儿,好家伙,我注意到你的大腿有多粗啊,简直离柏油桶的距离不远了。我想你得马上去园子里活动活动,或骑自行车出去溜达溜达,这对你减肥有好处。知道吗,自行车就在车库里,我刚才已经对你说过了,你怎么还不动?"西蒙边说边咯咯地笑。

可是此时,两只眼睛只顾盯着报纸的西蒙全然没有注意到,莎丽手里拿着那把切面包的刀,已经悄悄走到了他的背后,他还没来得及叫出声来,莎丽手里的面包刀已经朝他后背两片肩胛骨之间猛刺了下去。

"我现在就到园子里去替你干活,"莎丽恨恨地挖苦西蒙说,"你说开辟玫瑰园就开辟玫瑰园,不过我要在那里先挖个坑,把你扔进坑里去,然后再在那上面种玫瑰……"莎丽一边说着,一边就穿上外套,准备去车库取铲子,西蒙不是说铲子在车库里的吗?

可谁知,当一打开车库的门,莎丽惊呆了!映入她眼帘的,是一部金灿灿的新款式黄色跑车,车身上装饰着红色的彩带,车顶上还放着一块大牌子,上面写着:值此结婚十周年纪念日,谨以此献给我美丽的妻子莎丽。亲爱的,我永远爱你!落款是:你的西蒙。

莎丽彻底傻了眼,她愣愣地站在那里,数秒钟后,猛地转身,发疯般地往屋里跑……

(李能安　编译)

(题图:王申生)

谋杀植物

　　业余时间喜欢养花弄草的,大有人在。可有个人家里,他老婆在阳台上养着一盆花,明明长得很好,他却恨不得把它掐在手里撕成碎片,放到下水道里冲走。这个怪人是谁? 他为什么这么恨这盆花?

　　此人名叫哈里。

　　最近,哈里的老婆玛丽买了一盆花回来,从此就开始精心照料,浇水、松土、施肥、喷药,前前后后忙个不停,简直比照顾哈里还无微不至,还给它起了个好听的名字"黛西"。

　　这一来,哈里受不了了,加上他失业后此时正四处找不到工作,所以越来越感到胸闷。在哈里的眼睛里,这盆黛西似乎成了第三者,不仅抢走了一个妻子对丈夫的温柔,也粉碎了一个丈夫对妻子的体贴。每当站在黛西面前时,哈里的心里都充满了愤恨。

在家里得不到温暖,哈里就开始泡酒吧。

没多久,哈里在酒吧里认识了一个叫丽娜的风流女人,丽娜告诉哈里,她的丈夫刚刚跟一个女人私奔去了国外。这天,丽娜邀哈里去她寓所作客,两人边喝酒边谈着各自婚姻的不幸,双方都发现,似乎只有对方才能弥补自己心灵的创伤。

倾诉中,哈里自然说起了玛丽侍弄黛西而完全忽略了他的事情,丽娜觉得很好笑,一心想去哈里家看看,这到底是一盆怎样的花。正好那天玛丽有事出去,哈里于是就把丽娜带回家里。

一站在这盆黛西面前,哈里的火气就直往头上冲,一肚子的恶言恶语立刻冲口而出,为了报复玛丽,哈里还当着黛西的面与丽娜接了好几个响吻……

这天晚上,哈里把丽娜送回寓所后,他虽然还是回了自己的家,可满脑子已经全在丽娜身上了。他在考虑,自己怎么了断和玛丽的婚姻,甚至必要时来他个"快刀斩乱麻"。

第二天一大早,哈里刚起床,玛丽已经在阳台上侍弄她的黛西了。哈里走过去,听到玛丽嘴里在自言自语着:"改写遗嘱,我一定要改写遗嘱。"

玛丽说这话,哈里一开始并没有意识到什么,但他很快就回味过来了,愣怔了片刻之后,他问玛丽:"改写遗嘱?你这是什么意思?"哈里知道,玛丽手中有她父母留下的二十万美元。

玛丽回头朝哈里冷笑一声,说:"不必担心,你会得到你该得的一份。不过……我想说的是,如果有一天我突然死去的话,我不想看到黛西没人照顾。"

哈里一听,忍不住心怀鬼胎地问道:"难道黛西有……有这么重要?你怎么突然想到死了?"

玛丽瞥了哈里一眼:"我有预感……当然咯,如果我死了,我会把这笔钱留给你的。不过,这是有条件的。"

哈里一听,觉得背上一阵阵发凉。

玛丽看着哈里,说:"你必须一个人住在这房子里为我照看黛西,我死后,你至少要保证让我的黛西存活一年以上。如果做不到这点,你就别想拿这笔钱,它将会被捐到慈善机构去。"

哈里一听:这个该死的玛丽,说来说去就是她的黛西。他一肚子的火冲天而起,大吼大叫道:"你……你不能那样做,我对侍候这该死的玩意儿一无所知……"

"那你就跟着我好好学呗,不行吗?"玛丽打断了哈里的话,"我可不想看到有什么女人住在我这个房间里。"

哈里顿时像被挨了一记闷拳:"你说什……什么?"

玛丽冷笑道:"你以为我不知道? 告诉你,什么都瞒不过我!"

哈里被玛丽这话激怒了,二十万美元和丽娜的身影,同时在他眼前跳了出来。突然间,他眼前漆黑一片——"不!"他猛地跳将起来,朝玛丽身上扑去,两只手紧紧扼住她的脖子。没一会儿,玛丽拼命挣扎的手就无力地垂了下来,两只眼睛瞪得溜圆……

好一阵,周围静悄悄的,只有哈里的声音:"我杀死她了,我真的杀死她了,我得赶快告诉丽娜去。不,等会儿……"他突然像想起了什么,慌慌张张地在房间里转来转去,掀翻椅子,拉出抽屉,又砸碎窗玻璃,把窗子上的插销拉开。在做完了一切自己不在现场的证据之后,哈里又把玛丽手腕上的水晶表摘下来,拨快一个半小时后,狠狠地将它朝地上一甩,表壳碎了,表上的时间永远停留在了那一刻。

随后,哈里决定立即离开。走出房门的时候,他回头又审视了一下屋间,看看还有什么遗漏之处,眼光扫来扫去,扫到玛丽放在阳台上的那盆黛西上,他心里立刻涌起一股冲动,怒气冲天地跑过去,手起盆落"啪"一声就把它狠狠朝玛丽身上砸去。

然后,哈里出门下楼,来到路边电话亭,给警察局打电话,说自己是哈里的邻居,因为听到哈里屋里传出打斗声和女人的尖叫声,请警察去看看,是不是出了什么事。

挂断电话后,哈里就开始胡乱地在街上转起来,后来他又去了一家职业介绍所,不料今天运气特别好,人家居然一下就提供了三个职位供他选择。哈里挑了其中一个,然后就装模作样地回家。

未进门,哈里就故作兴奋地在门外大声嚷嚷起来:"玛丽,好消息,我找到工作啦!"可一抬头,才发现警察已经在屋里等着他了。

警长告诉哈里,玛丽死了。

"死了?"哈里故作惊讶地大叫起来,"这不可能,早上我出门的时候,她还好好的呀。警长先生,请问这到底是怎么回事?"

警长注视着哈里,说:"先生,我们希望您能给我们提供关于此事的进一步情况。"说着,便把他带到玛丽跟前。

其实不用看,哈里也知道玛丽此刻是什么样子,但他发现,在玛丽身边撒了一地的盆泥里面,有一个黑色发光的小盒子,盒子上端还有一个小孔,小孔里伸出一根细细的天线。他好奇地问:"这是什么?"

警长告诉他说:"这是一只高精度的微型窃听器。"

"窃听器?"刹那间哈里只觉得自己脑子里一片空白。

警长对哈里说:"先生,很明显,你的妻子对你起了疑心。如果花盆没有摔破的话,我们大家也许永远被蒙在了鼓里——这里面有她不在时,你在这个房间里说过的所有的话。"

"啊——不!"哈里捶胸顿足地哭喊起来。

可是警长的脸上却带着嘲讽的笑:"你听说过吗?中国有句古话,叫'搬起石头,往往砸了自己的脚'。"

(李　华　编译)

（**题图**:箭　中）

大 爱 无 声

为人处事的道理，往往不在言传而更在身教。那些爱的教育，都蕴藏在父母们那些默默的关怀里。

别墅里的老保姆

这天,陆思梦开着小车回到别墅,见门口坐着一个六十多岁的乡下女人,手里还挎着个布包,觉得很奇怪。

乡下女人见女主人回来,就起身迎上来问道:"姑娘,你要不要请保姆? 我什么活都能做的。"

陆思梦一愣:"你这么大年纪,还专门出来做保姆?"

乡下女人说:"咱乡下人就是干活的命,在家呆着难受,趁还能干得动,就出来挣点儿钱,挣几个是几个。你若留下我,只管饭就行,钱给多给少我不在乎。要不,你让我先试着干几天? 不行我就走。"

陆思梦很想有个人作伴,她现在做了人家的"金丝鸟",住别墅,开小车,生活上样样不愁,可人家是有妻室的,虽然养着她,但不可能天天都来陪她,她一个人守着别墅实在是孤单,所以看看这个乡下女人面目还慈善,陆思梦就决定把她留下试试。

乡下女人于是就成了陆思梦的老保姆,她做事很麻利,每天都把房间收拾得干干净净,做的饭菜虽然有些粗,但乡下味儿很浓,陆思梦觉得换换口味也好。让陆思梦更称心的是,这个老保姆从来不问这问那,只管埋头干活,所以陆思梦对她很放心。

一个星期后,养着陆思梦的那个他来电话了,他是去南方开会的,今天晚上飞回来,说想死陆思梦了,下了飞机就要先来看她。陆思梦听了心里当然高兴,放下电话就立刻叫来老保姆,说今晚他回来,要多做几个好菜,多放一双筷子。随后,她自己就奔美容院去了。

从美容院回来,天已经黑了,陆思梦踏进门,见客厅的餐桌上摆着一碗玉米粥,还有一盆腌萝卜,她愣住了;再一探头,发现老保姆正在厨房里忙着,锅里好像还热腾腾地在蒸着什么东西。

陆思梦走进厨房,奇怪地问:"桌上那东西,是给谁吃的?"

老保姆回答说:"你不是说他回来,要我多放一双筷子吗?这东西就是给他吃的。"

"我的天!"陆思梦大叫起来,"你知道他是谁吗?你以为他是……"陆思梦说到这里突然打住了,"算了,你别忙了,我和他出去吃。"

谁知老保姆的脸立刻沉了下来,一声断喝:"不行,就让他吃这个。"

陆思梦惊得目瞪口呆:"你……你让堂堂一个副市长吃这种东西……"

她话没说完,就在这时门铃响了,不用说肯定是她刚才说的那个副市长到了,陆思梦气呼呼地朝老保姆一跺脚:"你等着吧!"就赶紧迎了出去。

来的果然就是副市长,他的名字叫罗胜强。罗胜强进门搂住陆思梦就要亲热,忽然闻到一股玉米粥的味道,忍不住叫起来:"香,真香啊! 怎么,你学会煮粥啦?"边说边就迫不及待地走进客厅,走到餐桌前,盛起一碗就喝,嘴里还直嚷嚷,"哇,多久都没喝到这个东西了,香香香,真香啊!"

陆思梦没想到这么普普通通的一碗玉米粥,居然会对罗胜强有这么大的吸引力,她没好气地朝罗胜强撇撇嘴,说:"你想让我做饭伺候你? 哼,我才不干呢,这是我让老保姆给你做的。"

"老保姆? 你请保姆了?"罗胜强一听,似乎有些不安。

陆思梦安慰他说:"你怕什么呀,她是从乡下来的,不爱说话,从来不问我什么,你放心吧。"说着,她朝厨房喊了声:"还有什么吃的,都端来吧!"

"来了,来了!"老保姆一边答应着,一边就端了一盘热气腾腾的菜包子,从厨房里走了出来。

谁知罗胜强抬头一看,猛地一怔,手里的粥碗掉到地上摔了个粉碎:"妈,怎么……怎么是你?"

"妈? 她是你妈?"陆思梦惊呆了。

老保姆却显得很平静,好像早料到会有这一幕,她看着罗胜强说:"罗市长,你尝尝我做的包子,味道怎么样?"

"妈,你这是干什么呀?"罗胜强一步冲上去,接过老保姆手里的盘子。

难道这老保姆真是罗胜强的妈妈? 一点没错。住在乡下的罗妈妈一听说她那当副市长的儿子贪污受贿又养女人,真是又气又急,马上进城来找儿子。正赶上儿子出差开会去了,于是就决定以保姆的名义留下来,等儿子回来。

只听罗胜强叫她一声:"妈——"罗胜强说,"我现在是副市长,如果别人知道你在做保姆,你让我的脸往哪儿搁?"罗胜强急得直跺脚。

可是罗妈妈却指着他的心口,高门大嗓地说:"你有没有想过,等你坐了大牢,我这张老脸往哪儿搁?"

"妈,你看你,"罗胜强辩解道,"什么坐大牢的,妈,你在说什么呀?"

"哼,你别以为我不知道。"罗妈妈厉声训斥道,"你要是个清官,能买这么好的房子送人? 老话是怎么说来着? 若要人不知,除非己莫为。连我一个老婆子都明白的理儿,你念了十几年书,怎么就不明白呢?"

罗胜强一言不发。

罗妈妈拿过一个菜包子,掰开递给罗胜强,说:"你从小好强。你爸爸死得早,家里穷,吃不上白面,你怕同学笑话,不肯带杂面饼子去学校,我就去邻居家借点白面来,裹在杂面饼子外面做成包子样。你当时还哭着对我说:'妈,我一定好好上学,将来有了出息,好好孝顺你。'可你……你……你现在就是这样孝顺我的吗? 让别人戳着我的脊梁,骂我是贪官的妈? 是流氓的妈? 是……"

"妈,别说了!"罗胜强泪流满面,扑上去抱住他妈,终于哭出声来。

"大道理你比我懂得多,路是你自己走的,往哪儿走就看你的了。我也不想多说,我这就回老家去。"罗妈妈从自己带来的布包里拿出一叠钱来,放到桌子上,"这是你陆陆续续寄回家的,我都存着。我这一辈子走得堂堂正正,这种来路不正的钱我不会花。"

她说完,转身就走。走到门口时,突然又回过头来,对罗胜强说:"你要再做对不起我的事,就别再回来了,我不认你这样的儿子。"

罗妈妈走了,罗胜强抱着头蹲在地上,半天没动。

这时候,只听"叭"一声,陆思梦把别墅的门钥匙朝桌上一放,对罗胜强说:"我也该走了。"她走到门口,见罗胜强还蹲在那里一动不动,想了想,又转回来,从手提包里拿出一盘录像带放到桌子上,说:"这是我和你在床上时偷拍下来的,是有人想搞垮你,花大钱让我这么做的。我知道这是你们官场上勾心斗角常用的伎俩。我这种人本没有资格讲什么道德,但刚才我看到你有这样一位母亲,我觉得我不能再对不起她,这盘带子你自己看着处理吧!"说完,她就朝门口走去,再也没有回头。

空空荡荡的别墅里,罗胜强慢慢站起身来,看着地上那摔碎的粥碗,桌上那盆没有动过一口的腌萝卜,还有那把门钥匙和录像带,他再也忍不住了:"妈——"这撕心裂肺一声喊,传得很远很远……

（刘六良）

（题图:魏忠善）

王县长出书

王县长是个自认为很有学问的人,无论是接待上级领导还是到下面检查工作,他总要长篇大论一番,直到下面掌声雷动时,他还觉得意犹未尽。

最近县政府乔迁新楼,办公室侯主任收拾出一大摞王县长以往在各种会议上的发言稿,拿过来请示怎么处理。王县长瞧一眼,感叹道:"怪不得我整天觉得累,这几年光是作的这些报告,恐怕出本书也绰绰有余哩!"

侯主任听了忽然眼睛一亮,说:"王县长,那何不就出本书哩?您想,老百姓要全都脚踏实地地按您报告指示的精神去做,咋还会受穷?出,这本书一定要出。我看书名呀,就叫《致富之路》。"

王县长听了立刻连声叫好:"行,这事儿就由你去办了。"

侯主任做事雷厉风行,书很快就印出来了,而且一印就印了四十万册。

王县长知道后吃了一惊,责怪侯主任说:"你没脑子啊?印这么一大堆,以后往哪儿弄去?"

侯主任却安慰王县长说:"王县长,您放心,我还觉得印少了呢!"他心里早就想好了推销的法子:和以往一样,摊派。县里往乡里摊派,乡里往村里摊派,村里向党员摊派,党员必须带头购买。

侯主任原以为通过行政摊派,这事儿不难办成,可谁知几个月过去,却还有一大半书堆在那里,而底下已经怨声载道一片。侯主任急了,于是又绞尽脑汁让各村、乡派人到乡镇集市上去设点,吆喝卖书。

话说这天,山洼乡逢集,五里长街人头攒动,热闹非凡,侯主任这天也"赤膊上阵"亲自下来坐镇。一时间,吆喝卖书的喇叭声震耳欲聋,盖过了集市上所有小贩的叫卖声,来来往往赶集的人开始还搞不清楚到底是怎么回事,待走拢去一看明白了,一个个都十分反感。

这时候,有个老汉牵着两头牛和一头驴子走了过来,问侯主任:"同志,我想用两头牛换你们的书,中不中?"

旁边人都以为老汉在开玩笑,于是都跟着起哄。谁知老汉却一脸认真地对侯主任说:"同志,我是真的想换。"他指指他牵着的那两头牛,"你算算,它们能换多少书?"

大家这才发觉老汉好像真要用牛来换书,顿时惊叫起来:"这老头疯了?书能下崽?能生钱?"

可老汉却越发认真起来:"这两头牛,一头610斤,一头820斤,刚过的秤,我就是要拿它们来换书。"

侯主任也愣了:"老爹,你是哪村的人?你把书换回去干啥?"

老汉涨红着脸说:"你别管我是哪村的,赶紧给我算算,我又不会让你们吃亏。"

于是,旁边就有热心人掏出计算器给老汉算起来。一算,老汉这两头牛可换王县长的书572本。侯主任两只眼睛直瞪瞪地望着老汉,那意思好像是说:我就不信,你真舍得用两头牛换这么堆书?

可老汉却没有一丝一毫的犹豫,对侯主任说:"发啥呆哩?点数呗!"

侯主任如梦中惊醒一般,赶紧命令那几个摆摊的办事员:"小王,你把老汉这两头牛牵到乡政府去;顺子,你把书点出来;桂林,你快去拿几个编织袋,再找根绳子,等会儿捆书。"

小王把侯主任拉到一边,悄悄问他:"侯主任,也不知道这牛有病没有? 够不够斤秤,真就换给他了?"

顺子却在后面推他一把:"牵吧,牵吧,就是弄头死牛,也比这一大堆书强。"

几个人于是就忙活起来,最后把一大堆书打成了包。他们正要往驴身上扛,忽然被侯主任拦住了。

侯主任对老汉说:"老爹,既然你把两头牛都换了,干脆把这头驴也折成价换书算了。"

老汉摇摇头说:"那不行,没驴我咋回去?"

侯主任一摆手:"这没问题,我们派车送你回去。"

老汉一听慌了:"不中,不中,俺家路远,你们又不知道在哪儿哩。"任侯主任百般劝说,老汉头摇得拨浪鼓似的,就是不答应,侯主任没了辙,只好让老汉走。

老汉走了之后,侯主任立即兴冲冲地给王县长打电话,详细地讲了老汉用两头牛换书的事情,还说:"这老汉肯把牛牵来换书,其中必有原因,不管他是不是想转手倒卖,从中牟利,但对我们来说,只要做好宣传,书的销售应该不是问题。"

王县长一听,兴奋地说:"你立刻把这事儿写成材料。下午我上你们集市去,把附近那些乡、村的一把手都叫来,开个现场会,我要亲自讲话。"

说来也是巧,这山洼乡集市就在离王县长老家王家庄不到二十里的地方,所以去集市之前,王县长抓紧时间回了趟家,他让司机把车停在村口,自己一个人步行进了家门。

只见院子里静悄悄的,年迈的父亲正在地灶前烧火做饭,王县长埋怨说:"爸,我给你买的液化气灶你怎么不用,又烧起柴火来?"

父亲不搭理他,只是默默地往灶膛里塞东西,王县长凑上去一看,这才看清地灶旁靠墙那儿,放着一地的书,全是他的《致富之路》。王县长心里一个"咯噔",赶紧跑去牛圈看,只见圈里空空的,一头牛也没有,他顿时全明白了,气得转回身去,冲着父亲就嚷嚷:"爸,你亏不亏呀? 你图什么呐?"

父亲瞥了他一眼,说:"图什么? 只要老百姓少骂你两句,我做啥都不亏。"

(李金华)

(题图:张　恢)

特殊的陪嫁

　　俗话说："男大当婚,女大当嫁。"在孤儿院长大的王倩最近要结婚了,虽说参加工作后她就已经离开了孤儿院,但头一个电话,她还是打给了孤儿院的王院长。

　　王院长一直把王倩当亲生闺女待,所以听到喜讯后一口一个"恭喜",还说要为王倩准备嫁妆。果然没过几天,王院长就打电话给王倩,说嫁妆已经准备好了,让她去拿。王倩一听可高兴了,挂了电话就去找未婚夫林冬,当天晚上,他们俩就有说有笑地一块儿去王院长家。

　　可遗憾的是王院长不在。保姆说王院长临时接到任务,赶去乡下接一个孤儿入院,那地方离这有一百多里路,估计当天不一定能回来,所以临走时王院长有过交代,她把为王倩准备的嫁妆放在一个小盒子里,说王倩来了就交给她。保姆说着,就去拿来一个红颜色的精巧礼品盒,交给王倩。

王倩接过礼品盒亲了又亲,她有心想打开看,又怕保姆笑话。正好这时屋里电话铃响了,保姆急着去接电话,王倩于是憋着一股高兴劲儿,拉上林冬就兴冲冲地回家了。

踏进家门,王倩迫不及待地打开礼品盒,可是一看却泄了气。原来,里面除了一根长长的红绳子,什么也没有。王倩没想到王院长会这么抠门,哪有结婚给准备这种嫁妆的?

林冬在一旁劝她:"算了算了,又不是亲妈,能想到送你点东西就不错了。"

王倩被林冬这么一说,脸挂不住了:"哼,结婚请酒就不通知她。"说着,便把红盒子扔在了一边。

果然,结婚那天,王倩和林冬请了好多朋友,就是没请王院长……

一晃几个月过去了,新婚的激情渐渐退去之后,小两口磕磕绊绊的事儿逐渐多了起来。一次,林冬又和王倩吵起来,王倩哭着跑出家门,在街上漫无目的地转来转去,不知怎么竟转到了王院长家里。

王院长爱怜地问满眼是泪的王倩:"别急,说说到底发生了什么事?"

王倩可觉得委屈了,没开口泪就先不住地往下流。

原来林冬有时要上中班,回到家里常常都夜里十一二点了,王倩胆小,每次都把门反锁上,可自己又睡死过去,这样林冬每次回来,就非得使劲儿地敲门,但常常就是敲破了门也不能把王倩敲醒。就为这事儿,小两口老吵架。

王院长一听,很惊讶:"我给你准备的嫁妆,你没用?"

王倩一惊:"什么嫁妆?"

王院长说:"就是那根红绳呀!你把它一头拴在你的手腕

上,一头搭在窗框上,林冬回来只要一拉绳,你不就能被他拉醒?你们住的那小屋也没多大,我给你准备的绳子长度肯定够。咦,你那天来拿时保姆没给你说?"

"啊?"王倩想起来,那天保姆刚把盒子交给她的时候,正好屋里电话铃响,保姆接电话去了,自己急着拉林冬走,也没再等保姆回来。

可是王倩心里还是觉得奇怪:"王院长,可你……你怎么知道我们现在会……"

王院长笑了,搂着王倩说:"你呀,从小睡觉就死,天上打雷都弄不醒。当妈的哪有不了解自己女儿的?"

"妈——"不等王院长说完,王倩就一把抱住她,失声痛哭起来。

(段海斌)

(题图:刘斌昆)

黑道父子

　　新市一个地下赌窝有个打杂的老头，名叫木阿汉。别瞧木老头一副蔫头耷脑的样子，想当年他可是私会党"龙虎山"的"五虎将"之一，由于好赌成性，一生除了刚结婚时规规矩矩做过几个月工外，妻子一怀孕，他就又上了赌桌，赌输了为还赌债，就去偷去抢，大牢几乎成了他的家，进了出、出了进，待到最后一次出狱，他妻儿已经不知去了哪里。这时候他年纪也大了，身体也不行了，又没什么本事，只好在赌窟里打杂。虽说工钱不多，小费倒也不少，而且看别人赌输赢他觉得也蛮有乐趣。

　　这天，赌场来了个"新雀"，此人三十岁出头，粗眉突眼，神态嚣张，上赌桌竟旁若无人似的，一晚上输去六七千也面不改色。一连三天，这人天天来，天天如此，赌客们不禁对他注意起来。

第四天，他又来了，木老头站在他背后看着，发现这人赌技不精，赌注却下得很大，好像不为赢钱，只是在寻找刺激，不由细细打量起他来，这才发现他额角上有一道淡淡的疤痕。木老头心里不由一跳：难道他就是自己从小送了人的儿子木金龙？

木老头知道，没熟人介绍，一般人是摸不到这儿来的，于是就去问赌窟主持人阿四，可阿四除了知道人家叫这人金目龙外，也再说不上什么来。阿四拉长脸关照木老头："来我们这里的有几个走正路？我告诉你，捞偏门的人最忌人家探听他来路，你给我少管闲事。"木老头虽然遭了阿四一顿抢白，但却不死心，猜测着：会不会是人家见他这副眼神凶恶的样子，叫他金目龙呢？

第四天，这个金目龙又来了，又是一赌就输，一次输了八千多。木老头站在他身后，心里急得像火烧：若是天天这样赌，金山也会赌空。这天晚上，木老头躺在床上怎么也睡不着，想起"五虎将"朋友中，只有阿雄一结婚就金盆洗手，为此还被弟兄们看不起，可时间证明他这条路是选对了，前些日子木老头在街上见到他时，他都牵着孙子的小手做阿公了。木老头心里直叹息：谁让自己年轻时糊里糊涂沉溺赌场，连亲生儿子都养不活要送人，如今儿子都站跟前了，却又不好意思认他。唉，如果他事业有成，生活幸福，倒也罢了；如果日子过得拮据，拖家带口的人不敷出，自己哪怕不吃不喝也会去帮他；然而都不是，他竟走了一条自己曾经走过的路，居然也成了一个赌徒。木老头感到自己的心像被刀割一样疼，疼得滴血，他不知道自己到底该怎么办？

到第八天的时候，金目龙运气似乎来了，这回赢了二千多，而且还赏给木老头五十元小费。木老头心里一阵激动，不由对金目龙说："谢谢头家，其实您不用给我这么多。"这时候，他嘴巴就关不住了，忍不住问道，"请问头家是不是姓木？"不料金目龙立刻朝木老头一瞪眼睛，吼道："你管我姓什么！"

木老头原该识趣闭嘴的，可心里的疑团逼着他不能不问下去:"头家这额头上的疤痕,是不是六岁被狗追的时候跌倒撞伤的? 都几十年了啊,疤痕还……"金目龙一听木老头这番话,脸色变了,注意地看了木老头一眼,说:"什么几十年,既然是几十年前的事,我怎么记得清?"

可木老头心里已经打定了主意,非得趁儿子今天赢了钱心情好的时候认他,把他从赌路上劝回来,于是一咬牙就顾自说下去:"你老母叫阿菊对不对? 她本来姓刁。你是阿龙,木金龙,没错吧? 我是阿汉,我就是你老爸啊! 我……"可谁知木老头话没说完,金目龙挥手就给了他一巴掌,突眼圆瞪,恶狠狠骂道:"老子七岁死老爸,十二岁死老母,你这个死老头今天竟敢来占我的便宜? 你要认亲,老子这拳头可不认!"说完,扬长而去。

回到家里,金目龙对他的姘头丽莎说:"今天真好笑,半路上钻出个老不死的,硬说我是他儿子。如果他是个百万富翁还差不多,可一个打杂的,能有什么花头? 哼,小时候不养我,现在看我有钱了,居然就想来做现成的老爸。呸,想得美!""不认就不认呗!"丽莎心不在焉地嘟哝了一句,突然带着哭腔说,"阿龙,这生意咱们不做了吧? 要这么多钱有什么用,还不都被你丢进赌场? 今天又要去送货,我越想越害怕。"

金目龙白了丽莎一眼:"你第一次做就说怕,可你看看,到现在不是一直都好好的?"可丽莎却直哭:"做这种事,抓住就是死刑呀。要不,你陪我一起去?"金目龙一听,眼睛瞪出来了:"你要我说你多少次? 做这种事,去的人越多越误事,多一个人就多十分风险。好了,我不想再和你啰唆了,快准备准备,赶紧走吧。"丽莎被逼无奈,只好拿上金目龙交给她的货,走出家门。

丽莎一走,金目龙就拿着望远镜站在窗前望。金目龙是个批发海洛因的毒贩,年纪不大,却十分凶狠奸诈,而且极有心计,每一次毒品交易,他都安排丽莎出面,自己远远地监视着。丽莎是个嗜毒者,金目龙凭着手上的毒品与她姘居鬼混,对她既说不上有什么感情,更不敢担保她一定对自己忠心。金目龙心里十分清楚:这世界上没有一个人可以相信。当然,他最害怕的还是肃毒局的干探,他知道,他一旦被抓,只有死路一条。

从望远镜里,金目龙看到买家"臭头"的汽车出现在了事先约定的地方,丽莎也几乎是同时到达,不料丽莎刚跳上臭头的车,突然有四辆车从四个方向冲过来,把臭头的车团团围住,四辆车上跳下六条大汉,分别把臭头和丽莎从车上拖下来,给他们戴上了手铐。金目龙拿着望远镜的手抖了起来,他认定这六条大汉是肃毒局的,转身就从床底下拉个箱子打开,拿出里面的行头给自己换起装来。

不到两分钟,金目龙变成了一个戴鸭舌帽、留小胡子、架近视眼镜的斯文人。他走出这个才租住了两个星期的家门,刚走到楼下,就看到几个人迎面而来,匆匆冲上楼去。那一定是去围捕自己的探员,金目龙不由头皮发麻,他不敢去开自己的车,更不敢联络道上的弟兄,便跑去人头济济的超级市场转了半天,终于想出了个法子。

金目龙鬼得很,早在做贩毒生意之前,他就研究过肃毒局每次采取行动的手段,知道这些干探不好对付。当初他只想干二三次,存一笔钱后就洗手,可吃喝嫖赌他样样爱,哪里还收得了手? 现在眼看着丽莎被抓,自己一定上了黑名单,这里是不能待了,得赶快走,走得越远越好,最好是远走异国他乡。可出去之后人生地不熟的,没有钱怎么行? 他手头还有一包价值百万元的海洛因,他决定尽快把它换成现钱。但问题是,他自己出面太冒险,他脑子一转,就想到了那个在赌场里要认他的老爸。

再说木老头,这天突然听到有人叫门:"阿爸! 阿爸!"他还以为自己在做梦,半天没有反应,金目龙于是就自己推门走了进去,装出一副负疚请罪的样子,对木老头说:"阿爸,我真浑,真不该那样对你。你放心,我以后绝不会再这样了,我现在有钱,可以养你,我是问了好多人才找到这儿的。我发誓,以后一定会待你好的。"说完,还装腔作势地用手打自己的脸,表示悔恨。

这出戏,金目龙真是演得太逼真了,简直让木老头看得手足无措。他哆嗦着,紧紧攥着金目龙的手,老泪纵横地说:"打算什么,对我来说,被打就像人家放屁一样平常。不过,才一会儿的工夫,你怎么……就……就认我来了?"金目龙长叹一声:"唉,阿爸,说来话长哪!"他于是就编起故事来。

金目龙说,他有一个女人,很有钱,是专门做钻石走私生意的,但他不想一世躲在女人的石榴裙下,于是就偷偷吃进一批价值百万元的钻石,准备自己干。他对木老头说:"阿爸,你去帮我把那包钻石拿来,就是半价脱手,咱也能赚它一笔。有了钱,咱就也来开一家赌馆,由你阿爸亲自来打理……"金目龙说到开赌馆,正投了木老头的心意,木老头这几年觉得自己对赌有了新的领悟,他认为只有开赌馆坐庄,有赌才有"搏",所以听了金目龙的话心里真是乐不可支,二话没说就点头。

木老头按照金目龙说的,找到天桥下那个写着污言秽语的桥墩,从裤袋里掏出一把三角小铁铲就要挖。但猛一转念,发觉不妥,刚才好像有个黑影跟着,他于是丢下铁铲,在周围转了一圈,结果差点和一个黑大汉撞个满怀。对方厉声喝道:"木老头,你在干什么?"木老头一惊,定睛一看,原来是探长,当初自己就是栽在他手里的,木老头庆幸刚才没有盲目动手。

木老头毕恭毕敬地向探长问好,说:"探长先生,我可是没做什么呀!"探长不客气地搜他的身,没任何发现,就说:"这么老了,还不收山?"木老头苦着脸说:"就因为收山了,现在没饭吃,没地方睡。来这里,就是想找个睡觉的地方。"探长不相信木老头的话,警告他:"哼,你听着,我迟早还会捉到你!"木老头不甘示弱:"哼,等捉到了再说吧,现在没证没据,你能把我怎么样?"

探长不理木老头的茬,走了。木老头猜想他可能会躲在附近盯着自己,于是就真装着找地方睡觉,蜷缩在桥墩底下。一直过了很长时间,他见什么动静也没有,才又空手出来,嘴里嘀咕着:"冷啊,太冷了,受不了了!"还做出要离开的样子。

果然,探长不知从什么地方突然蹦了出来,又拦住木老头搜身,结果还是一无所获。木老头得意极了,故意在嘴里哼小曲儿气他,假装扬长而去。直到确定没人跟踪后,他才悄悄回来,在桥墩下开始挖起来。不一会儿,他挖出一只上了锁的小行李箱。

木老头兴冲冲地跑回家,想告诉儿子自己怎样和探长斗智的经过,可到家一看,哪有儿子的影子。原来,狡猾的金目龙此时正躲在街头咖啡店里,当他肯定没人跟踪木老头,周围也没有可疑的人出现时,才从咖啡店里踱回来。

金目龙笑嘻嘻地对木老头说:"阿爸,你去帮我买包叉烧饭吧,我饿坏了。"木老头听了一怔,心想:他明明刚从外面回来,既然肚子饿坏了,他身边又不是没一点钱,怎么不顺便自己把饭买回来,或者干脆吃饱了再回来呢? 他现在让我出去帮他买饭,莫不是存心要支开我? 看来,这里一定有秘密。

曾经混迹黑道几十年的木老头,旁门左道的事儿见得多了,他心里起了疑,就想查个明白,于是出门后就又悄悄回来了,躲在门外从门缝往里看。只见金目龙在房间里打电话,起初声音很小,听不清,后来大概没和对方谈拢,嗓门越来越大:"你这个'鳄鱼嘴',五十万已经是半价了,这是我最后一宗生意⋯⋯大家都是拿命在搏⋯⋯你也太狠点儿了吧? 好,三十万就三十万,我一定要现钱。九点钟来我这里,我们一手交钱一手交货⋯⋯"

金目龙骂骂咧咧地放下电话,拿出个小本子翻着,随后又打了一个电话,木老头竖起耳朵一听,他好像是在联络什么人,说今晚上十一点,一起偷渡去印尼⋯⋯

听到这儿,木老头差点晕倒,在去给儿子买叉烧饭的路上,他心里不住地想:就是走私钻石,也用不着拿命去搏呀,为什么要偷渡去印尼呢？那一定是犯下了什么大案……

　　木老头把叉烧饭买回家，金目龙顺手往桌上一丢，其实他根本不想吃。木老头看了他一眼，又望望旁边那只上了锁的小行李箱，说："阿龙，你把箱子打开让我见识见识，百万元的钻石到底是个什么样儿，我都这把年纪了，还没见过呢。"可是金目龙却抬腕看看手表，说："阿爸，这玩意儿多半会就是人家的了，有什么好看的？"可木老头坚持要看，他上去要拎箱子，金目龙粗暴地一把将他推开，突眼里冒出两道凶光："你找死啊？"

　　木老头一看儿子这架势，忍不住说："干吗弄得这么神秘？我看这里面放的不像是钻石，一定是白粉。"他两眼瞪着儿子，"你是利用我去为你到鬼门关走一趟。哼，刚才我居然还为你去和那个探长玩死亡游戏。我知道自己不算好人，可我从来反对卖白粉。价值百万元的白粉会害死多少人，你知道吗？"

　　金目龙被木老头这番义正词严的话说得心里很慌，可是看看手表，现在还不到约定偷渡去印尼的时间。他意识到现在还不能太得罪这老头，免得坏事，于是就放缓口气说："得了，这些大道理你三十年前就应该对我讲了，可那时你在哪儿？告诉你，我有我的经历，只要死的不是我，害死多少人我都管不着！"说罢，他忍不住又抬腕看表。

　　就在这个时候，他忽然心里一惊：不对，万一肃毒局的探员跟在那个鳄鱼嘴后面一起来，我岂不是死路一条？他顿时急出一身冷汗，粗声大嗓地对木老头说："我出去会儿，有人来找我，让他等一下。"见木老头没反应，他冷笑一声，就走了。

　　没一会儿，果然来了个长脸大嘴巴的年轻人，一看金目龙不在，转身就走，在外面大概晃了十来分钟，才重新进屋。几乎是同时，金目龙进屋来了，看到他就问："钱呢？没带钱你来做什么？"木老头一看明白了：此人就是鳄鱼嘴。

　　鳄鱼嘴朝金目龙笑笑，说："货呢？我得先看看你的货纯不纯。钱在我车上,大家都是做生意的,难不成我还要诓你不成?"金目龙不屑地瞧他一眼,说:"三十万买一百万的货,够便宜你的了,还要疑神疑鬼!"鳄鱼嘴立刻回敬他道:"就因为太便宜,我才不放心呀。"

大概花了十来分钟,鳄鱼嘴把金目龙那只小提箱打开,仔仔细细地翻了一遍,这才满意地点头。他转身要到车上拿钱,刚跨出门,突然又把脚缩了回来,"砰"一声将门关上了,朝金目龙嚷嚷:"很多人冲过来了,完了,我们这次死定了!"金目龙一听,"飕"地从腰里拔出手枪,咬牙切齿地跑到窗前,一看,窗外到处是人影在晃动,房门也被"嘭嘭嘭"地敲响了。金目龙脸色铁青,眼露凶光地说:"反正是死,我杀他们一个够本,杀两个还有赚!"他边说边把枪对准窗缝,准备朝外开枪。

看着眼前这一切,木老头声泪俱下地朝金目龙开口道:"千万别开枪!我的儿子啊,你不会死的,要死阿爸替你去死,这些人是阿爸喊来的。我这一生,对不起父母,对不起妻儿,今天是给我的报应啊!你放心,等会儿我会告诉他们,这事儿是我干的,你就不用死了。儿子啊,我求你了,以后你可再不能干这种丧良心的事了,我那五虎将兄弟,五个中三个都死在吸白粉上。当年我曾经发过誓,谁卖白粉我绝不放过他。可想不到第一个绝不放过的,竟会是自己的亲生儿子……"

可是,木老头这番话还没说完,警探们已破门而入冲进来了,房间里的三个人全成了瓮中之鳖,被带去肃毒局。木老头大包大揽说这是他干的事,与两个年轻人无关,然而探长却冷冷地回了他一句:"法律是公正的,我们要经过调查,让证据说话。"

听了探长这话,木老头两眼发黑,瘫倒在了地上,他老泪纵横地叫着:"完了,儿子完了,儿子死定了……"

(金　铮)

(题图:魏忠善)

未露面的雇主

　　卡罗十三岁那年母亲病故了,他一直跟着父亲老卡罗一起生活。

　　老卡罗操持着家里的一个小农场,所以平时很忙。但再忙,老卡罗也不忘关心儿子,他一心希望卡罗成人后能继承他的农场,或找一份正当的职业,有所作为。可谁知偏偏事与愿违,卡罗成人之后不知怎么竟会鬼迷心窍地做起了职业杀手。

　　老卡罗痛苦异常,竭力劝说卡罗回头,可卡罗就是固执地不理睬老父亲的劝告,还说除非是自己在行动时失手,否则就一辈子不改行。

　　无奈之下,老卡罗只好等待卡罗会有哪一次失手的时候。可卡罗是个办事谨慎的人,每每受雇,他都要做仔细的准备,并验证被刺杀的对象,不致发生错杀;而且他的枪法又特别准,百米之内射击百发百中,每次都是一枪解决问题。为此,老卡罗十分沮丧,而卡罗却越干越有劲,到后来他甚至自己在外面买了寓所,连家都不回。

这天,卡罗正在自己的寓所里擦枪,电话铃响了,是一个陌生男人打来的:"你是卡罗先生吗?我想马上见到你,我在南大街咖啡店等你,请你马上过来。"卡罗知道又有买卖来了,当即驱车赶了过去。

南大街咖啡店里静悄悄的,只有三四对情侣在那儿喝着咖啡聊天,卡罗进去之后就找了个靠窗的位子。

刚坐定,一个服务小姐走上来问他:"您是卡罗先生?"

卡罗点点头,说:"是啊。"

服务小姐把手里的一封信递给他,说:"刚才有个先生要我把它交给您。"

卡罗一怔,接过信,撕开一看,里面有一张照片,还有一张五十万美金的支票和一封信。看照片,这是个五十出头的男子,穿着名牌西服,看上去挺有钱。

信是这样写的:

卡罗先生:

　　因有急事,来不及与你见面,只好先走了。照片上的那个人叫威尔森,是蓝佛公司的总裁,我愿意出一百万美金,你替我"蒸发"了他。我先预付五十万,另五十万事成之后一定照付。

　　留个手机号给你:319875427。

克德曼

卡罗觉得奇怪:这个克德曼既然约了自己,为什么又不露面呢？看来这是个特别谨慎的人。好吧，既然你愿意出大价钱，而且已经预付了一半定金，那我还有什么可犹豫的？何况自己干这一行从来就没有去了解雇主与仇家恩怨是非的习惯，只要行动时谨慎小心，不错杀对方，事成之后拿钱就是了。

当天下午，卡罗就去蓝佛公司验证威尔森的长相，确认照片上的人果然就是威尔森本人。之后，他又进一步了解威尔森的活动情况，寻找自己下手的最佳时机，不想这一了解，他才明白对方为什么愿意开出这么高的酬金了。原来威尔森平时特别注意保护自己，其防范程度简直不亚于一个总统，他平时有四个保镖不离左右，而且办公室内外都装着闭路电视监视器，即便杀手能侥幸进入也无济于事，就连他坐的小车也有防弹功能，子弹根本没法击穿。

要想刺杀这个人，简直比登天还难。事情非常棘手，可酬金又非常诱惑，卡罗不愿轻易放弃这笔买卖，但一时又想不出好办法来。

这天卡罗回到寓所，发现邮箱里有封信，取出一看，正是雇主克德曼写来的：

卡罗先生：

　　上次未能与你见面，十分抱歉。现向你提供一个关于威尔森的情况：市郊爱克路上唯一一幢外墙爬满了青藤叶的别墅，就是威尔森金屋藏娇的地方，无人知晓，他去那里与情人幽会从来不带保镖。明晚八点他会去那儿！

克德曼

这个情报对卡罗来说真是太重要了，只是他十分惊讶：既然无人知晓，那克德曼又是怎么知道的呢？也不管它了，第二天上午，卡罗便悄悄来到爱克路上踩点，做好了当晚行动的一切准备。

晚饭之后,卡罗便带着装有红外线夜视镜、强力瞄准器和消音器的高性能步枪,来到爱克路上白天踩点时找好的伏击点等候。趁着这工夫,他又在步枪上装上红外线同步摄像机,当子弹出膛的一瞬间,摄像机会同步拍摄目标中弹的情形,到时他就可以凭这个向克德曼提供实证,领取余下的那五十万酬金。

准八点,果然有一辆小车急驶而来,在别墅门口停下,车门打开,从里面走出一个五十出头、西装革履的男子,借助夜视镜,卡罗一眼认出这男子就是威尔森。只见威尔森转过身,朝四下看了看,正要迈步朝别墅走去,就在这当儿,卡罗瞄准他的脑袋扣动了扳机。

威尔森立刻应声倒地,前后不到两秒钟。原本那么棘手的事情,现在居然这么轻易就解决了?卡罗真不敢相信自己的运气。

回到寓所,卡罗将照片冲洗出来之后,就马上给克德曼打电话。可是一拨号码,他才发现,克德曼留给他的其实是个空号。

难道是卡罗上了克德曼的当?该死的克德曼只给了他一半佣金就溜号了?对卡罗来说,如此失手还是第一次,所以他非常恼火,后悔自己当初被一百万美金迷住了心窍,没有坚持见到克德曼之后再动手。现在好了,克德曼长什么样都不知道,还怎么去找他要钱?

猛地,卡罗想起了一件事:克德曼当时不是让咖啡店小姐转信给自己的吗?只要从小姐那里弄清克德曼的长相,就不愁找不到他。哼,到时非好好收拾他不可!

第二天,卡罗正要出门去咖啡店,突然发现自己邮箱里又来了一封信,拆开一看,上面写着:

卡罗:

　　你完成了任务,但完成得不漂亮,因为昨晚被你杀了的不是威尔森,而是我——你的父亲老卡罗。不过你不必为此感到惊讶,因为这个事情从头到尾都是我一手设计的。我这辈子就你一个儿子,一心希望你成人成才,谁知你竟然会这么令我寒心,也让我日后实在无法向你母亲交代。

你曾说过,除非在干这种事情时失手,才会考虑改行。为了让你改行,我决定用我的生命为代价。那幢别墅不是威尔森而是我一个朋友的,他出国旅游去了,委托我帮忙照看房子。至于我为什么选择威尔森,是因为我的朋友平时都说我长得非常像他,只需稍稍化个妆,就能跟他一样。你是神枪手,一枪命中我绝对没问题,所以我不怀疑我的计划会落空。

现在你终于失手了,你应该信守自己的诺言,彻底抛弃你现在的职业。家里的农场留给你了,如果实在不愿干,你就去找一份正当的职业,以后堂堂正正地活着。

你的老卡罗

看完信,卡罗如雷轰顶,这样的结局是他万万没有想到的。悲伤地处理完老卡罗的后事之后,卡罗把所有的枪械都交到了警察局……

(张伟良)

(题图:王申生)